Thomas Brezina

*Pssst! Unser Geheimnis*

**Brillenschlange und Zahnspangenziege**

Band 13

Thomas Brezina

*Pssst! Unser Geheimnis*
Band 13

# BRILLENSCHLANGE UND ZAHNSPANGENZIEGE

Mit Illustrationen von Rolf Bunse

Ravensburger Buchverlag

Bibliografische Information der Deutschen Nationalbibliothek:

Die Deutsche Nationalbibliothek verzeichnet diese Publikation
in der Deutschen Nationalbibliografie.
Detaillierte bibliografische Daten sind im Internet
über **http://dnb.d-nb.de** abrufbar.

1 2 3 10 09 08



Umschlagillustration: Annabelle von Sperber
Innenillustrationen: Rolf Bunse

Printed in Germany

ISBN 978-3-473-47429-5

www.ravensburger.de
www.thomasbrezina.com

# Heydiho,

Promifoto →

Krissi Kiska:

intelligent, schön, prominent, humorvoll

Hobbys: 8erbahn fahren ohne Ende, Abenteuer und Spaß haben

und

Freunde
innen

Bix
supertoller Kumpel, könnte aber auch als Butterblume auf einer Almwiese stehen.

Vanessa
die Karatetigertodeskralle, supertoller Kumpel.

HO-HO



PS: 2 Katzen (Donald + Daisy), 1 Hund (Amadeus), 1 Mutter (Mam), 1 Vater (Paps), 2 Brüder (?+?)
ach ja: Caesar + Antonius

# HAALLLOOOOOO!

## Persönliche Daten

Name: Vanessa Reininghaus
Größe: 158 cm
Augenfarbe: braun
Besondere Kennzeichen:
Haare – sehr kurz

## Freundinnen

„nur 2“ – zählen wie 2000

Bix: absolut romantisch, lieb, hat immer Verständnis, sollte mehr Sport machen!

Krissi: absolut gut drauf – immer (fast immer – wenn nicht, sind wir für sie da)

## Freizeitaktivitäten

Sport – Karate
Chem. Experimente
Meine Freundinnen

## Zuständigkeiten

Schule
Schwestern:
Wanda Reininghaus
Susanna Reininghaus
Sonntags – spülen
Ordnung halten (ächz)

## Leidenschaften

5 Sittiche
Reisen
Karate
Chem. Experimente
Flippige Mode

Vanessa

Halli, hallo – ich bin Bix Taler.

Ich habe einen UNmöglichen kleinen Bruder und eine etwas seltsame – aber liebe – Mutter.

ich →

← Mama

↑ der Unaussprechliche

<u>Was ich nicht mag</u>: Streit; Spinat; rechthaberische, dumme, alberne, aufdringliche Jungs; zu enge Tops und kaputte Strümpfe.

<u>Was ich mag</u>: Mama; Ben (Mamas Freund); ein bisschen auch Felix, meinen Bruder; Dick + Doof, meine Kaninchen; Spaghetti – davon viel! Rotkohl; Lasagne; Schokopudding; Eis ...

<u>Was ich besonders mag</u>: meine allerbesten Freundinnen

Krissi + Vanessa

Ulknudel, mitfühlend, meistens zuverlässig

Supersportlich, superzuverlässig, beneidenswert schlank

CIAO!

Hallo ihr kleinen Biester,

mein Name ist Alexa und ich bin die absolut wunderschönste Kröte der Welt. Und wenn ich sage Kröte, meine ich auch Kröte!

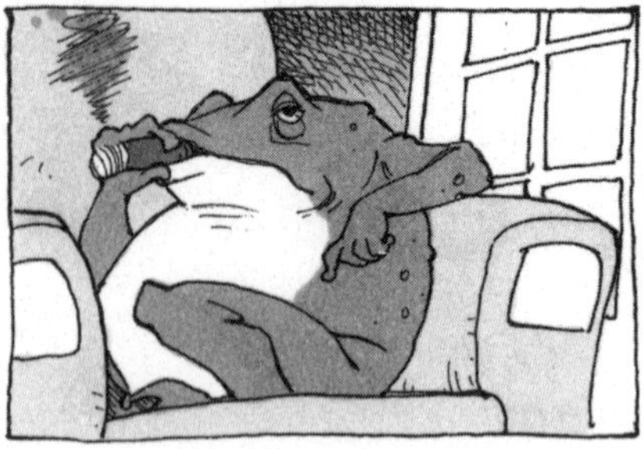

Beweisfoto

Was ich großartig finde:

- dicke Zigarren
- Kartoffelchips, je fettiger, je lieber (rülps)
- diese dämlichen Gören Fetti, Deppi und Fretti herumzukommandieren

Na, erraten, wen ich damit meine?!

Was mich wild macht:

- wenn die 3 Mädels nicht tun, was ich ihnen sage (dann setzt es Pickel!)
- wenn man meine wahre Schönheit nicht erkennt

In Wirklichkeit bin ich ja das zauberhafteste, elfenhafteste Mädchen der ganzen Welt.

Eine Krötenprinzessin sozusagen.
Aber das ist eine lange Geschichte …

Hallöchen meine Fans und Bewunderer!

Ich bin hinreißend, ich bin großartig, ich bin perfekt. Okay – fast, es gibt da noch ein klitzekleines Problem …

ICH MUSS SEIT NEUESTEM EINE BRILLE tragen!!

Schluchz, heul, jammer

<u>Die gute Nachricht</u>: Ich kann besser sehen.

<u>Die absolut katastrophale Nachricht:</u>

Nächste Woche kommen die supercoolen, megagut aussehenden Austauschschüler. Gut: Ich kann genau sehen, WIE gut sie aussehen. <u>Katastrophal</u>: Wenn sie mich mit diesem grässlichen Ding auf der Nase sehen, werden sie sofort wieder die Flucht ergreifen.

HIIIILFE, holt mich hier raus!!!!!

Eure Krissi, die total mit den Nerven am Ende ist.

# Geheimbotschaften

Vorn im blauen Umschlag findest du die Geheimbotschaften von Krissi, Bix und Vanessa. Du kannst sie entschlüsseln, indem du links beginnst und die Buchstaben von unten nach oben liest. Die Längszeile daneben liest du hingegen von oben nach unten, die dritte Längszeile dann wieder von unten nach oben und so weiter.

Hierzu ein Beispiel. Der Pfeil zeigt die Leserichtung an:

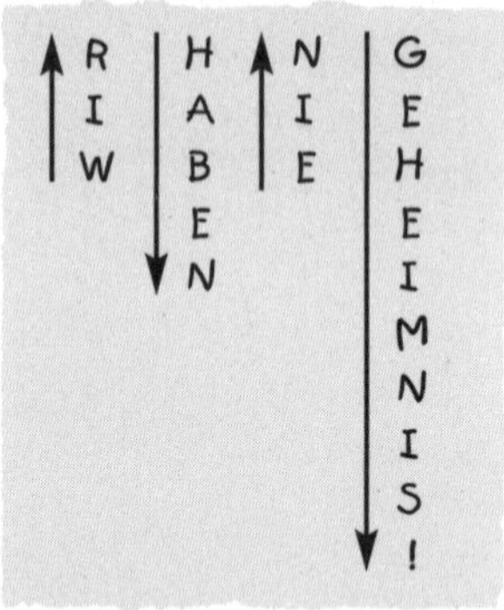


Die Botschaft lautet:
„WIR HABEN
EIN GEHEIMNIS!“
Auf diese Weise kannst du auch selbst Botschaften verschlüsseln, die außer deinen Freundinnen und Freunden niemand lesen soll.

Nun probier's mal ohne Pfeile:

| | | | |
|---|---|---|---|
| E | K | T | M |
| N | U | H | U |
| I | H | C | H |
| E | | A | . |
| | | M | |

Geschafft, oder?

Und jetzt viel Spaß mit den lustigen und haarsträubenden Geschichten von Krissi, Bix und Vanessa!

MEGA-
PEINLICH

# Wenn's in der Klasse kracht

Tagchen, alle miteinander. Hier spricht Krissi!

Es gibt Dinge, die sind peinlich. Dazu zähle ich zum Beispiel Eltern, die auf einer Party auftauchen und versuchen, Witze zu machen.

Meine beiden Eltern-Exemplare, die normalerweise durchaus brauchbar sind, haben das bei meiner letzten Party getan. Mam war harmloser, aber Paps hat auf superjung getan. Ich habe mir von ganzem Herzen einen Nothebel gewünscht. Ein Griff und es würde sich eine Klappe im Boden öffnen. Ein großes Loch sollte erscheinen, in dem Paps dann verschwunden wäre. Natürlich nicht für immer. Nur für die Dauer meiner Party.

Wer glaubt, so ein Witze-Vater als Partyschreck wäre das Peinlichste, was passieren kann, der irrt gewaltig. Die nächste Stufe ist megapeinlich. In diese Kategorie fällt zum Beispiel eine enge Hose, die bereits in der ersten Pause aufplatzt. Und zwar hinten, genau an der Stelle des Po-Loches. Dann guckt dort der Stoff des Höschens hervor und jeder, wirklich jeder starrt hin.

Mir ist das vor drei Tagen passiert. Ausgerechnet an diesem Tag wurde ich viermal an die Tafel gerufen, um etwas aufzuschreiben. Dazu musste ich den anderen natürlich den Rücken zudrehen und sie hatten freie Sicht auf das Loch in der Hosennaht.

Allerdings nur beim ersten Mal. Das Gekicher der anderen aus meiner Klasse war absolut unerträglich. Daher habe ich mir in der Pause eine Tackermaschine von der Sekretärin unserer Direktorin geborgt. Mit dieser Maschine habe ich mein T-Shirt, das ich zum Sport anziehe, an den Hosenbund geklammert. Wie der Lendenschurz eines Eingeborenen in Australien hing es hinten hinunter.

Ich habe leider nicht daran gedacht, dass es auch Jungen gibt. Das war ein großer Fehler. Die Jungen sind mir danach nämlich nachgelaufen und haben ständig das T-Shirt

*Megapeinlich!!!*

gelüpft, um das Loch in der Hose besser sehen und kichern zu können.

Grrrr! Typisch!

Die höchste Stufe der Peinlichkeiten heißt oberpeinlich. In einem solchen Fall würde ich dann ebenfalls gern den Nothebel ziehen, damit der Boden, auf dem ich stehe, diesmal *mich* verschluckt. Gulp und weg. Ein Loch in der Hose kann man noch irgendwie überleben. Etwas Oberpeinliches aber echt nicht. Da hilft höchstens Auswandern oder eben Im-Erdboden-Versinken.

So etwas Oberpeinliches habe ich schon erlebt. Eigentlich hätte ich mir danach mindestens zwei Wochen Extraferien verdient, um mich von diesem Schock zu erholen. Das könnt ihr mir glauben.

In meiner Lieblingsfernsehserie geht es um eine Familie, die vor achtzig Jahren gelebt hat und schrecklich arm gewesen ist. Am Anfang ertönt immer so eine tiefe, ernste Männerstimme und erzählt: „Niemand dachte in der Zeit der großen Weltwirtschaftskrise daran, Geld für Schokolade auszugeben. Wenn dann aber doch einmal Schokolade ins Haus kam, erhielt jeder nur gerade so viel, wie auf eine Nadelspitze passte."

Das ist natürlich Quatsch, aber ihr versteht sicher, was ich meine. Also bitte, stellt euch jetzt die tiefe, ernste Männerstimme vor, die Folgendes sagt: „Krissis oberpeinlichstes Erlebnis begann, als ihre Deutschlehrerin, Frau Kleber, in die Klasse krachte."

Ihr habt euch nicht verlesen.

„Krachte“ stimmt. Frau Kleber ist mit der ganzen Tür ins Klassenzimmer gefallen. Schuld daran waren die Killerhaie.

He, wenn ich so lese, was ich da schreibe, ruft bestimmt bald jemand im Irrenhaus an und lässt mich abholen. Aber halt, Hände weg vom Telefon. Ich habe für alles eine Erklärung!

Die Killerhaie sind drei Jungen aus unserer Klasse. Sie heißen Pit, Marco und Ludwig. Im Grunde sind die drei nicht einmal so übel. Aber nur, solange sie nicht zusammen sind. Pit hat eine Schlange, eine Vogelspinne und eine Ratte als Haustiere, Marco ist unser Klassenclown, der echt gute Witze draufhat, und Ludwig hat immer alle Hausaufgaben (und gibt sie auch her zum Abschreiben).

*Die Killerhaie – süß*

Marco hatte auch die Idee, die Tür des Klassenzimmers aus den Angeln zu heben. Mithilfe von Pit und Ludwig hat er es dann wirklich getan und die Tür wieder so hingestellt, als wäre alles in Ordnung.

Frau Kleber bekommt von mir, wenn ich ihr eine Note geben darf, ein Sehr gut minus. Sie unterrichtet uns in Deutsch und ihre Stunden sind meistens spannend. Sie redet nämlich mit Händen und Füßen und kann keine Sekunde still stehen. Ganz egal ob ein Gedicht, eine Geschichte oder eine Sage, Frau Kleber bricht über alles in Begeisterungsstürme aus. Kommt zum Beispiel ein Vogel im Gedicht vor, flattert sie mit den Armen, geht es um einen König, schreitet sie majestätisch, und einmal, als wir von einem Vampir gelesen haben, hat sie so getan, als würde sie Ludwig in den Hals beißen.

Die Klasse hat sich eine halbe Stunde vor Lachen nicht mehr einkriegen können und Ludwig war so krebsrot im Gesicht, dass er sofort in einem Werbespot für Ketchup hätte mitspielen können.

Als Frau Kleber an diesem Tag, den die tiefe, ernste Männerstimme angekündigt hatte, die

Tür öffnen wollte, ist das ganze Türblatt nach innen gefallen. Wie so ein Klappbett, das einem aus der Wand entgegenspringt. Die Tür ist ziemlich schwer. Sie fiel nach vorn und landete mit einem Knall, der so laut wie ein Schuss war, auf dem Boden.

Frau Kleber stand in der Türöffnung und starrte mit vor Schreck geweiteten Augen auf das große blaugraue Brett vor sich. So still und ruhig hatten wir sie noch nie gesehen.

Sie kam gar nicht auf die Idee, es könnte sich um einen Streich handeln. Frau Kleber hat ihre linke Hand angesehen, als hätte diese auf einmal Superkräfte.

Irgendwie ist es uns gelungen, still zu bleiben. Es war schwierig und ich habe es noch drei Tage später in den Wangen gespürt, aber ich habe mir das Lachen verkneifen können.

Schließlich ist Frau Kleber über die Tür gestelzt, als wäre es eine Brücke. Sie hat sich schnell wieder gefangen und verkündet: „Der Hausmeister repariert das in der Pause. Jetzt aber haben wir Wichtigeres zu tun. Kinder, wir bekommen Besuch.“

Marco war enttäuscht, weil die Kleber weder

Cool!

gequiekt noch sonst irgendwie die Nerven verloren hatte.

Nachdem sie ihre Bücher auf den Lehrertisch hatte fallen lassen, zog sie ein Bündel Briefe aus der Tasche und wedelte damit herum.

Wir sahen sie alle fragend an. Von welchem Besuch sprach sie?

„Wir gehen eine Schulpartnerschaft ein!“, fuhr Frau Kleber fort. Aus ihrer Kurzhaarfrisur stehen immer ein paar Strähnen in die Höhe. Ich nenne sie „Antennen“. An ihnen kann man erkennen, wie aufgeregt Frau Kleber ist. An diesem Tag erinnerten die Antennen an Stacheln.

Unter einer Schulpartnerschaft konnten wir uns nichts vorstellen, aber Frau Kleber erklärte schon weiter: „Bereits in einer Woche, am Donnerstag, kommt eine Klasse aus Wolkenbach zu uns. Die Jungen und Mädchen werden bei euch wohnen und am Freitag am Unterricht teilnehmen. Am Samstag unternehmen wir gemeinsam etwas, am Sonntag kümmert ihr euch allein um die Gäste und am Montag gibt es noch einen gemeinsamen Unterrichtstag. Dienstag ist Abreise. Doch

schon einen Monat später werden wir den Besuch erwidern und für vier Tage nach Wolkenbach fahren."

Rundherum erhob sich nun aufgeregtes Gemurmel. Das klang wirklich nicht übel. Aber was wollte Frau Kleber mit den Umschlägen?

# Total verknallt

„Jede Schülerin und jeder Schüler aus Wolkenbach hat einen Brief geschrieben." Wieder wackelte sie mit dem Bündel und die Umschläge rasselten leise, fast wie die Kastagnetten einer spanischen Tänzerin. „Ihr werdet jetzt ziehen, wer bei euch wohnen wird. Bis morgen möchte ich einen Antwortbrief an euren Gast sehen. Wir schicken die Briefe dann gemeinsam ab."

In der letzten Reihe schnippte jemand mit den Fingern. Ich musste mich nicht umdrehen, um zu erfahren, wer es war. Das Schnippen hatte einen ganz bestimmten Rhythmus: lang-kurz-kurz. So schnippte nur Vanessa, meine – bis vor Kurzem – beste Freundin.

Neben ihr sitzt Bix, ebenfalls eine – bis vor Kurzem – beste Freundin.

Es ist nicht so, dass wir uns zerstritten hätten.

Die beiden sind nur sauer. Sauer auf mich. Bisher durften wir drei nie nebeneinandersitzen. Wir würden in der Stunde zu viel quatschen, haben die Lehrer immer behauptet. Zu Beginn des neuen Schuljahres hat sich das geändert. (Nicht das Quatschen. Wir quasseln jetzt noch mehr als früher.) Ab jetzt dürfen wir uns setzen, wie wir wollen.

Schon in den Ferien hatten wir ausgemacht, endlich in einer Reihe zu sitzen. Ich wollte unbedingt in die letzte Reihe, weil man da am besten vor den Lehrern in Deckung gehen kann. Bix und Vanessa waren beide dagegen, aber ich

*Ich und meine verflossenen besten Freundinnen*

habe sie so lange bearbeitet, bis sie endlich einverstanden waren.

Jetzt sitzen die beiden in der letzten Reihe und

ich in der ersten. Ich habe nämlich zwischen Bix und Vanessa immer Kopfschmerzen bekommen. In den Fernsehserien, in denen superreiche Familien vorkommen, hätten die feinen Damen bestimmt über „Migräne" geklagt. Als ich das gesagt habe, hat Frau Kleber gelacht.

Jedenfalls haben die Kopfschmerzen nicht aufgehört. Probeweise habe ich mich dann auf den einzigen freien Platz in der ersten Reihe gesetzt. Früher hatte ich nie Kopfschmerzen in der Schule. Und in der ersten Reihe waren sie auch verschwunden.

„Tut mir wirklich leid, Mädels, aber neben euch brummt mir die Birne", habe ich zu Bix und Vanessa gesagt und bin vorne geblieben. Das war vor vier Tagen. Seither sind die beiden irgendwie ein bisschen unlocker.

Vanessa hat jedenfalls geschnippt und Frau Kleber hat sie aufgerufen.

„Werden Sie die Briefe lesen, die wir schreiben?", wollte Vanessa wissen.

„Nein, nein“, beruhigte Frau Kleber sie sofort. „Das wäre ja eine Verletzung des Briefgeheimnisses. Ich will nur sicher sein, dass wirklich jeder antwortet.“

Sie fächerte die Umschläge wie ein erfahrener Kartenspieler auf und ging damit von Pult zu Pult. Jeder durfte einen Brief ziehen. Ich wollte zuerst einen knallrosa Umschlag nehmen, weil ich die Farbe so gerne mag. Ich hatte ihn schon zwischen den Fingern, aus dem Fächer gezogen habe ich dann aber einen blütenweißen. Muss wohl irgendwie abgerutscht sein.

Frau Kleber wollte mir keine zweite Chance geben. Ich musste das weiße Kuvert behalten und habe es neugierig mit dem Finger aufgeschlitzt. Heraus fielen ein ebenfalls weißer Briefbogen und ein Foto.

Ein Foto von einem Jungen.

So hat es begonnen. Ich habe das Foto angestarrt und mir ist ein bewunderndes „Wow“ entfahren. Gefolgt von einem „Süüüüüß“. Im nächsten Augenblick war mir das schon sehr peinlich. Nicht megapeinlich und nicht oberpeinlich. Nur peinlich, aber das reicht.

Links von mir sitzt Marco, der Witzbold unter den Killerhaien, und rechts von mir Lillibeth, der Liebling aller Lehrer. Beide haben sich zu mir gebeugt, um das Foto zu betrachten.

„Sieht nicht sehr intelligent aus“, bemerkte Lillibeth spitz.

Von Marco kam nur ein „Was’n das für ein Kitsch-Heini?“

Ich spürte, dass mir das Blut in den Kopf schoss. Mein Gesicht wurde heiß wie der Heizstrahler in unserem Badezimmer. Auf meinen Ohren hätte man Spiegeleier braten können.

Auf dem Foto grinste der süßeste Junge, den ich je gesehen habe. Es ist jetzt nicht so, dass ich ständig auf Jungenjagd bin. (Wenn, dann verjage ich sie, wenn sie wieder einmal nerven!) Aber an diesem Exemplar war einfach alles niedlich: die leicht aufgebogene Nase, das freche Grinsen, die Sommersprossen, die dunkelblonden Haare, die er vorne wie ein Vordach mit Gel aufgestellt hatte, und die Sonnenbrille, die an einem Gummiband um seinen Hals hing.

Der Brief war nicht sehr lang. Er lautete:

*Hallo!*

*Ich bin Malte. Computer finde ich geil, Briefe schreiben doof. Du wirst mich kennenlernen.*

In mir spürte ich einen halben Zoo: Schmetterlinge im Bauch und dazu Hummeln in den Ohren. Mir war ganz schwindlig bei der Vorstellung, diesen Jungen bei uns daheimzuhaben.

Ich bohrte mit meinen Blicken fast Löcher in das Foto. Ich konnte nicht anders, ich musste es immer wieder ansehen.

Es ist megapeinlich und niemals hätte ich es laut gesagt: Ich hatte mich in Malte verknallt. Dabei finde ich Verliebtsein total doof. Und trotzdem ist es mir passiert. Es ist einfach über mich gekommen – und das war der Anfang vom Weltuntergang.

Das ist vielleicht etwas übertrieben. Aber nur ein kleines bisschen.

Frau Kleber hatte mittlerweile alle Briefe verteilt und sah uns beim Lesen zu. In der Klasse summte es wie in einem Bienenstock. Ich war zwar noch nie in einem Bienenstock, aber ungefähr so muss es sich dort anhören. Jeder wollte wissen, wen die anderen gezogen hatten. Da und dort gab es ein leises Kichern oder Gackern, manchmal auch ein staunendes Oh, noch öfter aber ein Prusten.

Ich lugte nach links zu Marco. Ausnahmsweise war ihm einmal das Lachen vergangen.

Vor ihm auf dem Tisch lag das Foto eines schlaksigen Jungen, der einen schleimigen Fisch hochhielt. Das Foto war, wie man an dem eckigen Rand erkennen konnte, aus einem größeren Foto ausgeschnitten worden. Bestimmt aus irgendeinem Urlaubsbild.

Die Pizza Tonno (Thunfischpizza)

Man soll sich nicht über andere lustig machen, ich weiß. Trotzdem konnte ich es mir nicht verkneifen, zu Marco zu sagen: „Viel Spaß mit deiner Fischpizza!"

„Hä?" Er sah mich an, als hätte ich ihn auf Chinesisch gegrüßt. Jungen sind manchmal schwerfällig im Denken. Deshalb erklärte ich langsam und deutlich: „Mit den vielen Pickeln im Gesicht sieht der Typ aus wie eine Pizza. Dazu der Fisch, macht eine Fischpizza."

Jetzt verstand auch Marco. Er schnitt mir eine Grimasse und schnaubte.

Von hinten traf mich etwas im Nacken und fiel zu Boden. Ich bückte mich und hob ein Stück Zeitungspapier auf. Es war im Zickzack gefaltet und zu einem U-Haken gebogen. Das bedeutete, dass ich Post von Vanessa oder Bix bekommen hatte. Sie schossen solche Botschaften mit einem Gummiring, den sie zwischen Daumen und Zeigefinger spannten.

Also waren sie nicht mehr böse auf mich und hatten aufgehört zu schmollen.

Wir drei sind Großmeisterinnen in Geheimschriften. Aus Gründen, die ich später erklären werde, brauchen wir ständig neue Geheimschriften, weil wir uns oft höchst geheime Sachen mitzuteilen haben. Auch in der Schule sind die Geheimschriften praktisch. Findet ein Lehrer eines der Briefchen, hat er keine Ahnung, was darin steht.

Ich faltete den Zeitungsschnipsel auseinander, hielt ihn gegen das Licht und las:

*Geheimbotschaft Nr. 1, vorn im Umschlag*

# Die schlimmsten Sachen

Schock! Horror! Die Stunde war erst zwanzig Minuten alt, die nächste Pause noch dreißig Minuten entfernt. Ich musste sofort mit Bix und Vanessa reden. Sie wussten etwas, das ich noch nicht wusste. Monsteralarm ist für uns nämlich eine sehr ernste Angelegenheit.

Denn wir drei sind so eine Art Ungeheuer-Monster-Vampir-und-Alien-Dresseure. Gar niemand außer uns weiß, was in der Stadt so alles passiert. Angeblich liegt es an Kristallen, die tief in der Erde vergraben sind. Die Strahlen, die sie aussenden, sind für Menschen harmlos und unauffällig. Dafür aber ziehen sie Wesen an, die man normalerweise nur aus Filmen kennt.

Wir haben durch Zufall davon erfahren. Eigentlich war die viele Cola schuld, die wir damals auf unserem Klassenausflug zum Rathaus getrunken haben. Ich weiß ja, dass Cola dick

macht und fast nur aus Zucker besteht. Aber sie schmeckt nun einmal supergut. Da kann man gar nichts machen. Bix und Vanessa geht's genauso. Jede von uns – also Bix, Vanessa und ich – hatte auf dem Ausflug eine Flasche davon mit. Die Fahrt zum Rathaus hat nur zehn Minuten gedauert, trotzdem hatten wir die Flaschen geleert.

Und dann mussten wir auf die Toilette, fanden sie aber nicht. Stattdessen landeten wir im Keller des Rathauses. Als wir ratlos vor einer Backsteinwand standen, die sogar ein bisschen angeschimmelt war, ist es geschehen: Plötzlich war in der Wand eine lila Tür. Die Tür öffnete sich und dahinter lag ein altes Gewölbe, vollgestopft mit Büchern, Kisten, Koffern und anderem Gerümpel. Und mitten in diesem ganzen Plunder hockte eine fette Kröte, die uns ansprach. Ihr Name ist Alexa und sie raucht Zigarren und futtert am liebsten Kartoffelchips. Alexa hat uns die Aufgabe übertragen, auf

Gemütlich, was?!

die ganzen Spukgestalten ein wachsames Auge zu haben.

Die Vampire, Aliens und Monster sind auf den ersten Blick nicht zu erkennen. Sie leben gut getarnt und haben ganz normale Berufe: Bäcker, Verkäufer, Zahnarzt oder Friseur.

Manchmal bekommen sie jedoch Blutdurst oder Vollmondsehnsucht oder wollen auf dem Friedhof Partys feiern. Dann müssen wir eingreifen. Keine einfache Sache, das dürft ihr mir glauben. Aber wir sind starke Mädchen und deshalb schaffen wir es auch.

Meistens jedenfalls.

Na ja, manchmal schlottern uns auch die Knie.

Eigentlich sogar sehr oft.

Aber darüber reden wir nicht gerne.

Als ich die Geheimbotschaft entziffert hatte, drehte ich mich sofort zu Vanessa und Bix um. Die beiden sahen nicht so aus, als hätte Alexa tatsächlich Alarm geschlagen. Sie steckten die Köpfe zusammen und kicherten.

Ich war verwirrt. Deshalb schoss ich ihnen auch eine Botschaft zu.

*Geheimbotschaft Nr. 2, vorn im Umschlag*

Ich bekam keine Antwort. Frau Kleber klatschte nämlich plötzlich in die Hände und verlangte Ruhe.

Marco schnippte mit den Fingern. Als Frau Kleber ihn endlich aufrief, wollte er wissen: „Ist umtauschen erlaubt?"

Frau Kleber ist normalerweise schnell von Begriff, verstand aber jetzt nicht, was er meinte. Marco hielt das Foto hoch und erklärte: „Ich würde den Kerl da gerne umtauschen gegen ein brauchbares Modell."

„Marco!", sagte Frau Kleber vorwurfsvoll.

Aus einer der hinteren Reihen zischte jemand: „Kommt da eine Schulklasse zu uns oder eine Geisterbahn?"

Allgemeines Gekicher. Frau Kleber wollte eben zu einer Strafpredigt ansetzen, als der Lautsprecher an der Wand tönte und wir zum Schularzt gerufen wurden.

Auf dem Gang stellte ich mich sofort zu Vanessa und Bix. Vanessa war noch immer sauer. Mein Briefchen hatte sie sogar noch saurer gemacht. Bix ist da zum Glück anders. Ihr erklärtes Ziel ist es, dass wir uns alle verstehen.

„Hast du die Fotos gesehen?", fragte sie ki-

Monsteralarm – aha!

chernd. „Die meisten sehen tatsächlich aus wie die Ersatzgespenster aus der Geisterbahn."

Das also war mit „Monsteralarm" gemeint gewesen!

„Ein Mädchen wäre mir zwar lieber gewesen, aber so ein Exemplar von Junge ist auch nicht schlecht." Bix streckte mir das Foto hin, das sie gezogen hatte.

Ich wollte sie nicht enttäuschen. Der Typ darauf war Durchschnitt. Unterer Durchschnitt. Gescheiteltes Haar, kinnlang und ein bisschen sehr ernst.

„Er heißt Jo und spielt Trompete", schwärmte Bix. „Und er mag alles außer Zahnspangen."

Das konnte ich verstehen. Zahnspangen fand ich auch eklig. Es musste scheußlich sein, so ein Metallding über die Zähne gespannt zu bekommen. Bestimmt fühlte es sich an, als hätte man eine Kette im Mund. Ich schüttelte mich schon beim bloßen Gedanken daran.

„Schlimmer als Zahnspangen sind nur noch Brillen", redete Bix weiter. „Ich habe beim Frisör in so einer Zeitschrift gelesen, dass Männer keine Frauen mit Brillen mögen. Frauen mit Brillen fänden sogar viermal schwerer einen Mann als *normale* Frauen."

Vanessa hat den Spitznamen „Grübel". Das liegt daran, dass sie von uns dreien am wenigsten redet. Sie ist oft und lange still, weil sie so viel vor sich hin grübelt. Auf dem Gang vor dem Zimmer des Schularztes hat sie auf einmal ganz ernst gesagt: „Alles völlig harmlos, was ihr da aufzählt. Der größte Horror jeder Frau, wenn sie eine Verabredung mit einem Mann hat, sind Pickel."

„Iiiiii!", riefen Bix und ich im Chor.

„Susanna hat diesen Jungen aus ihrer Parallelklasse kennengelernt, der immer hechelt wie ein Dackel."

Susanna ist Vanessas große Schwester. Nervensägen-Faktor zwanzig auf der Skala von eins bis zehn.

„Der Hechel-Dackel hat sie auf eine Party eingeladen. Das war Samstag vor etwa zwei Wochen", fuhr Vanessa fort. „Und am Donnerstag beim Frühstück habe ich die zwei roten Punkte

Das „Doppelhörnchen"

schon gesehen: einen auf Susannas Stirn und einen rechts am Kinn. Am Freitag waren sie aufgeblüht zu rosaroten Pickeln. Susanna hat gewinselt wie ein kleiner Hund, dem jemand den Knochen versteckt hat. Am Samstag waren die Pickel noch größer, mit einem gelben Pünktchen an der Spitze."

Bix und ich hörten mit wohligem Ekel zu. Wir gönnten Susanna alle Pickel dieser Welt.

„Am Nachmittag hat sich Susanna im Badezimmer eingeschlossen." Vanessa presste genüsslich die Fingerspitzen aneinander. „Sie hat versucht, die Dinger auszudrücken, worauf aus den Pickeln Beulen wurden."

Bix verzog angewidert das Gesicht.

„Mam hat ihr dann so ein Abdeckzeug gegeben. Susanna hat die Pickel verspachtelt wie der Maler die Löcher in der Wand. Mindestens hundertmal hat sie Mam gefragt, ob man noch was sieht, und mindestens zweihundert Mal hat Mam ihr versichert, dass die Pickel völlig verschwunden seien."

Ein teuflisches Grinsen breitete sich auf Vanessas Gesicht aus. „Als sie dann auf ihren Märchenprinzen gewartet hat, bin ich zu ihr und habe gesagt: Wünsche dir einen schönen Abend, *Zweihörnchen*."

Autsch! Das war wirklich gemein.

„Susanna hat sich daraufhin im Badezimmer eingesperrt und wollte nicht mehr herauskommen. Ihr Märchenprinz musste allein auf die Party."

Noch immer waren vor uns sieben andere, die zum Schularzt hineinmussten. Uns blieb also noch Zeit.

„Und wer darf bei dir wohnen?", wollte ich von Vanessa wissen. „Frosch oder Prinz?"

Sie zog eine Augenbraue immer wieder hoch. Darum beneide ich sie sehr, weil es so cool aussieht. Leider krieg ich das nicht so hin. Dann holte sie schwungvoll ein Foto heraus und hielt es mir unter die Nase.

„Darf ich vorstellen: Janis!"

Janis hätte der Bruder von meinem Malte sein können. Süß war bei ihm die Lücke zwischen den Vorderzähnen, die ihm etwas Freches gab.

Es stand fest, dass wir drei die Glückspilze der Klasse waren. Die anderen waren nicht so zufrieden.

„Mädchen, seht uns an“, sagte ich zu Bix und Vanessa und streckte die Arme zur Seite wie ein Star auf der Bühne. „Die Jungs haben mit uns aber auch Volltreffer gemacht.“ Präsentierend ließ ich eine Hand vom Kopf bis zu den Füßen gleiten.

„Ja, das haben sie!“, bestätigte Bix.

Wir freuten uns schon auf die Austauschschüler. In diesem Augenblick jedenfalls noch.

Meine Oma liebt Sprichwörter. Eines davon lautet: Glück und Glas, wie leicht bricht das.

Oh, wie passend!

# Ein tonnenschwerer Brief

Vanessa ging als Erste zum Schularzt, einem gewissen Dr. Schneider. Erwartungsvoll sahen wir sie an, als sie herauskam.

„Er macht auch Karate, wie ich“, erzählte Vanessa. Mehr erfuhr ich nicht, da ich als Nächste aufgerufen wurde.

Dr. Schneider trug keinen weißen Arztkittel, sondern Jeans und ein grün kariertes Hemd. Er hatte ein freundliches Lächeln und viele kleine Falten um die Augen. Alt war er nicht und ich fand ihn eigentlich ganz nett. Er schüttelte mir zur Begrüßung die Hand und erklärte, dass es sich nur um eine Routineuntersuchung handle, die bei allen Schülern durchgeführt würde. Hinter einem kleinen Schreibtisch saß eine dünne Frau mit Brille, die etwas in einen Computer eingab. Sie tat mir sofort leid,

Das war eine kaputte Foltermaschine!

weil ich an das denken musste, was mir Bix erzählt hatte. Heute eine Brille, morgen keinen Mann.

Ich musste Aah sagen und mir in die Ohren gucken lassen. (Also beim Aah-Sagen hat mir Dr. Schneider natürlich in den Hals gesehen. Erst danach in die Ohren.) Ich wurde gewogen und gemessen und mit so einem Hörding hat er sich angehört, wie mein Herz schlägt.

In meiner Lieblingsarztserie im Fernsehen war

das der Moment, in dem sich Arzt und Patientin verliebten. Er sagte: „Oh, Ihr Herz schlägt kräftig“, und sie antwortete: „Ja, nur für Sie.“

Leider hat Dr. Schneider nichts dergleichen gesagt. Er ist nämlich ein cooler Typ. Mit Malte konnte er allerdings nicht mithalten.

Zum Schluss musste ich mich vor ein Gerät setzen, das wie ein übergroßes Fernglas aussah. Ich guckte hinein und Dr. Schneider forderte mich freundlich auf, die Buchstaben vorzulesen, die ich sah.

Doch da waren keine Buchstaben. Nur helle Flecken. Das Gerät musste kaputt sein. Ich habe es ihm gesagt und er hat sofort mit ernstem Gesicht genickt und daran herumgeschaltet.

Noch immer sind keine Buchstaben aufgetaucht. Erst nachdem er wirklich lange an den Rädern gedreht und gefummelt hatte, konnte ich E, K, L, D, A lesen. Er hat mich gelobt und der Frau ohne Mann am Computer zugenickt.

Ich wollte schon gehen, aber Dr. Schneider hielt mich zurück. Hinter dem Tisch surrte ein Drucker.

„Christina“, begann er.

„Krissi“, verbesserte ich ihn.

„Also Krissi, du bist gesund.“

Das wusste ich doch.

Aber dann sagte er etwas, was mich traf, als ob ein Blumentopf aus dem zehnten Stock auf

meinen Kopf gefallen wäre. Die Frau faltete einen Brief zusammen und steckte ihn in einen Umschlag. Dr. Schneider händigte ihn mir aus und verlangte, dass ich ihn am nächsten Tag unterschrieben zurück in die Schule bringen sollte.

Wie ferngesteuert wankte ich aus dem Zimmer. Bix tauchte wie ein Monster in der Geisterbahn vor mir auf. Ihre Stimme kam aus großer Entfernung. Weil ich nicht antwortete, wurde sie ein bisschen wütend, wurde dann aber selbst gleich zu Dr. Schneider gerufen.

Ich hab keine Ahnung, was sonst noch alles geschehen ist. Irgendwie bin ich in die Klasse zurückgekommen. Frau Kleber hat ständig geredet. Ich habe nicht zugehört. In der Tasche meines Kapuzenpullis steckte der Brief. Er wog schwer wie ein Elefant.

In der nächsten Pause rannte ich sofort nach dem Läuten zu Bix und Vanessa. Was mir der

Doktor gesagt hatte, wollte ich ihnen aber nicht sagen. Dr. Schneider war viel zu jung, um ein echter Arzt zu sein. Er hatte noch keine Ahnung und bestimmt war das, was in diesem Brief stand, völlig falsch. Mir fiel ein Wort ein, das meine Oma einmal für ihren Arzt benutzt hat: der alte Quacksalber.

Vanessa hatte beschlossen, dass sie nicht mehr eingeschnappt sein wollte, und das war sehr angenehm. Ist sie sauer, dann kommst du dir neben ihr vor wie Luft. Genauso behandelt sie dich.

Freudig rieb sie sich die Hände. „Susanna und Wanda werden ganz gelb vor Neid werden, wenn sie Janis sehen. Besonders Susanna. Wanda sollte ich für diese Zeit besser wegsperren. Entweder wird sie dumme Bemerkungen machen oder für Janis ständig Blumen im Garten pflücken."

Bix hatte noch keinen Ton gesagt. Das war bei ihr besorgniserregend. Sonst redete Bix immer. Sie kam mir verändert vor, seit sie von Dr. Schneider zurück war. Ihr Gesicht sah anders aus. Ich musste sie die ganze Zeit anstarren. Schließlich bemerkte sie es, gab ein Geräusch von sich, das wie ein Aufschluchzen klang, und stürzte davon.

Vanessa und ich wechselten fragende Blicke.

„Weißt du, was mit ihr los ist?“, fragte ich Vanessa.

Sie schüttelte den Kopf und sah Bix nach, die in der Mädchentoilette verschwand. Erst als es läutete, kam sie zurück. Immer noch war in ihrem Gesicht etwas komisch.

Als ich mich auf meinen Platz setzte, fiel mir ein, was es war: Ihre Lippen waren auf einmal so dünn. Sie zog die Oberlippe ganz lang und presste sie auf die Unterlippe. Aber warum?

Wenn man so gut befreundet ist wie Vanessa, Bix und ich, dann spürt man sofort, wenn etwas nicht stimmt. Ich wusste, dass Bix uns etwas verheimlichte, und auf dem Weg nach Hause sagte ich ihr das auch ins Gesicht. Antworten wollte sie aber trotzdem nicht. Sie schüttelte nur stumm den Kopf. Immer noch war sie so komisch still.

Vanessa sah mich von der Seite an und fragte plötzlich: „Sag mal, Krissi, hast du etwas ausgefressen?“

Wie meinte sie das?

„Du bist nämlich so piepsig.“

„Bin ich nicht!“, protestierte ich, doch es klang ziemlich lahm.

Normalerweise gehen wir zu Fuß von der Schule nach Hause, weil wir dann ausgiebig quasseln können. Wir waren gerade bei der Bushaltestelle, als der Bus kam. Auf einmal sprang Bix ohne Vorwarnung hinein. Die Türen wurden geschlossen, und Bix winkte uns hinterher. Sie machte ein Gesicht, als wollte sie sagen: Seid mir bitte, bitte nicht böse!

Das seltsame Verhalten des Frl. Bix

„Ist sie noch wütend auf mich, weil ich mich nach vorn gesetzt habe?“, wollte ich von Vanessa wissen.

„Nein, nur ich war sauer. Bix hat doch für alles immer Verständnis.“

Wir gingen schweigend nebeneinanderher. In der rechten Tasche meines Pullis hatte ich Maltes Foto. Es fühlte sich ganz warm an. In der linken Tasche steckte der Brief des Arztes. Er war kälter als ein Eisblock. Irgendwie musste es mir gelingen, den Brief vor Mam zu verstecken. Oder ihr ihn wenigstens erst dann zu zeigen, wenn Malte wieder abgefahren war.

Ich sollte ihn aber schon am nächsten Tag unterschrieben in die Schule bringen. Ganz kurz dachte ich daran, Mams Unterschrift zu fälschen. Aber nur kurz. Ich kann so etwas nicht machen. Danach könnte ich Mam nie mehr in die Augen sehen, ohne rot zu werden.

Was sollte ich nur machen?
Was? Was? Was?

# Weltuntergang

Vanessa, Bix und ich wohnen in der gleichen Straße. Unser Haus steht direkt neben dem von Vanessa. Bix' Haus liegt genau gegenüber, auf der anderen Straßenseite. Von meinem Zimmer aus kann ich Bix' Zimmer sehen. Wir haben sogar einen Draht über die Straße gespannt. Auf ihm lassen wir Geheimbotschaften hin- und herrutschen.

Zum Mittagessen gab es Spaghetti Carbonara, die ich eigentlich gern esse. Erst bei der letzten Gabel ist mir diesmal überhaupt aufgefallen, was ich da in mich hineinschaufelte.

Mam war zum Glück nicht da. Frau Talkorn, die bei uns zweimal die Woche putzt, hatte das Mittagessen für mich und Antonius, meinen zweitältesten Bruder, aufgewärmt.

Mir fiel ein, dass wir diesen Brief schreiben

mussten. Ich beschloss, Malte auch ein Foto zu schicken. Aber ich hatte keines, auf dem ich mir gefiel.

„Antonius“, sagte ich, „mach bitte ein Foto von mir! Aber ein wirklich gutes, auf dem ich aussehe, wie …“

Mir fiel kein Vorbild ein, das Antonius verstehen könnte.

„… ein Klobesen?“, schlug er mir vor.

Ich schnitt ihm nicht einmal eine Grimasse. Einmal konnte er sich nützlich machen und diese Chance sollte er nicht vertun. Antonius fotografiert nämlich ganz gut.

Er versprach, mich später zu knipsen. Antonius hat zu Weihnachten eine Digitalkamera bekommen, für die man keine Filme mehr braucht. Die Bilder können sofort über den Computer ausgedruckt werden.

Danach saß ich in meinem Zimmer und kaute an meinem Füller. Ich wusste nicht, was ich Malte schreiben sollte. Nach einer Stunde war mein Papierkorb randvoll mit zerknüllten Briefbögen. Auf jedem standen höchstens drei Worte. Über „Hallo,

So kriegt man einen Brief *nie* voll

Malte, Tagchen“ war ich nicht hinausgekommen.

Immer wenn ich nachdenke, schaue ich aus dem Fenster. Diesmal konnte ich beobachten, wie das kleine Auto von Bix’ Mutter vor dem Haus hielt. Es trägt den Spitznamen Rosti, was sehr zutreffend ist. Frau Taler arbeitet normalerweise und ich wunderte mich, wieso sie schon so früh daheim war. Sie verschwand im Haus und schon ein wenig später kam sie mit Bix wieder heraus. Frau Taler schimpfte. Ich öffnete das Fenster, um zu hören, worum es ging.

„Bitte Bix, das ist nicht lebensbedrohlich."

„Für mich schon. Ich sperre mich in meinem Zimmer ein, wenn es wahr ist."

„Da ich jetzt schon einmal zu Hause bin, fahren wir gleich zum Zahnarzt!" Frau Taler scheuchte Bix ins Auto.

Autsch! Zahnarzt hörte sich nie gut an.

Mir fiel der Brief in meiner Tasche wieder ein. Ich würde ihn Mam nicht zeigen und in der Schule behaupten, ich hätte ihn vergessen. Ein paar Tage Aufschub würde das schon bringen.

Die Idee, mich von Antonius fotografieren zu lassen, war nicht sehr gut. Er feixte die ganze Zeit herum, keines meiner Zahnpasta-Werbung-Lächeln war ihm recht und schließlich wollte er von mir, dass ich ihm die Zunge herausstrecke, mit den Fingern die Augenlider hochziehe und die Nase platt drücke. Das waren doch Monstergesichter! So ein Foto konnte ich wirklich nicht an Malte schicken.

Auf einmal ließ Antonius die kleine Kamera

sinken und machte das dämlichste Gesicht, das ich je gesehen hatte. Er stülpte die Unterlippe über die Zähne und bog die Oberlippe wie einen Rüssel nach vorn, dazu schielte er und zog die Augenbrauen zusammen. Ich schleuderte ein Kissen nach ihm und konnte nicht mehr aufhören zu gackern.

Das Lachen ist mir aber schnell vergangen, als Mam in der Zimmertür stand. Sofort musste ich wieder an den Brief denken.

Oberalbern!

„Die Schulsekretärin hat gerade angerufen", erklärte Mam. „Du hast aus Versehen einen falschen Brief vom Schularzt mitbekommen."

Zuerst war es ein Schock: Sie wusste von dem Brief. Verheimlichen konnte ich ihn jetzt nicht mehr. Aber dann freute ich mich: Falscher Brief bedeutete, dass Dr. Schneider sich vielleicht doch geirrt hatte.

„In deinem Brief steht etwas von Übergewicht, dabei brauchst du eine Brille!"

Es war draußen! Mam wusste es. Kein Irrtum! Meine Sympathie für Dr. Schneider schmolz dahin wie Schnee in der Märzsonne. (Auf diesen Satz bin ich echt stolz!) Mein Schicksal war besiegelt. (Ich weiß nicht genau, was das bedeutet, aber es klingt, wie ich mich fühle.)

Aus mir sollte eine Brillenschlange werden. Damit hatte ich alle Chancen bei Malte bereits verspielt. Überhaupt würde ich uralt und einsam werden, wie Tante Julchen, bei der es nach Mottenkugeln und verschimmelten Veilchen riecht. Tante Julchen ist nie verheiratet gewesen.

Mir blieb ein einziger Ausweg. Ich musste ins Kloster gehen und Nonne werden.

Aus dem Drucker zog Antonius das Bild, das

er als Letztes geknipst hatte. Es war gut. Ich sah aus wie ein richtiges Model. Nein: sogar viel, viel besser!

Aber was nützte das! In Wirklichkeit war ich eine Brillenschlange. Mam bekam noch am selben Nachmittag einen Termin beim Augenarzt. Dort musste ich wieder in ein Riesenfernglas gucken und danach ging's zum Optiker. Der Arzt hatte genau aufgeschrieben, wie stark meine Brille sein sollte. Er hatte mir auch erklärt, dass die Kopfschmerzen in der Schule von meiner Sehschwäche gekommen seien.

Der Optiker hatte eine Spiegelglatze und trug selbst *keine* Brille. Daher glaubte ich ihm kein Wort, als er mir vorschwärmte, wie schick und modisch diese Dinger seien. Er konnte mir auch keine einzige Schauspielerin und keinen einzigen Popstar mit Brille nennen.

Zuerst wollte ich trotzig die Arme vor der Brust verschränken. Es hätte aber nichts genutzt. Mam wird dann nur sehr ärgerlich. So ließ ich mir also geduldig ein Brillengestell nach dem anderen auf die Nase schieben. Der Optiker und Mam brachen bei jedem in Begeisterungsrufe aus. Bisher muss ich wirklich eine Vo-

Ein Albtraum für's Gesicht

gelscheuche gewesen sein. Die Brille machte jetzt endlich aus dem Aschenputtel, das ich gewesen war, die Prinzessin – behaupteten jedenfalls der Spiegelglatzkopf und Mam.

Ich glaubte ihnen kein Wort. Sie sagten das nur, weil sie wussten, dass ich keine Brille wollte.

Schließlich entschieden sich die beiden für ein Modell aus dünnem Silberdraht. Ich sagte Ja, da ich diese Minibrille ganz einfach wegstecken konnte. Eines stand schon jetzt fest: Ich würde sie nie, nie, nie, nie, nie, nie, nie, nie, niemals tragen!

Die Brille war einfach oberpeinlich. Wenn ich damit in die Schule kam, würden bestimmt alle – wirklich *alle* – mich anstarren und ihre Kommentare abgeben.

Und Malte? Den konnte ich vergessen.

Mein Brief an ihn lautete:

*Hallo Malte,*

*ich habe zwei große Brüder. Beide haben tolle Computer. Du wirst sie kennenlernen.*

*K.*

Der Optiker hatte früher in der Schule bestimmt immer freiwillig die Tafel gewischt. Genau so ein Typ war das. Er versprach Mam, die Brille bereits am nächsten Tag fertig zu haben.

Meinetwegen hätte er sich bis nächstes Jahr Zeit lassen können.

# Arme Bix

Kurzbericht über den nächsten Schultag:

Bei Bix habe ich den Verdacht, dass wir es mit einer Fälschung zu tun haben. Vielleicht wurde sie gegen einen Roboter-Doppelgänger ausgetauscht. Er sieht zwar aus wie Bix, spricht aber kaum etwas.

Ich habe sie nach dem Zahnarzt gefragt und sie ist rosarot angelaufen. Dort muss etwas Schreckliches vorgefallen sein. Bix hat herumgestammelt und auf einmal vom Wetter geredet.

Vom Wetter!!!

Noch immer verzieht sie den Mund so eigenartig. Sie sieht aus wie eine dieser alten Tanten, die vom ewigen Naserümpfen, Nörgeln und Meckern Hängebacken und ein Dreifachkinn bekommen haben.

Vanessa meinte, wir sollten Alexa wieder besuchen. Vor einer Woche waren wir zum letzten

Mal im Rathaus und haben ihr Chips gebracht. Der Vorrat ist bestimmt längst aufgebraucht und sie kann schrecklich grantig werden, wenn sie keinen Nachschub bekommt.

Am Nachmittag sollte ich eigentlich beim Optiker meine Brille abholen, hatte aber wirklich keine Lust dazu. Bix druckste herum und schniefte etwas von „mit Mama wohin gehen“. Genaueres rückte sie nicht heraus.

„Ich komme mit zu Alexa“, verkündete ich. Vanessa und ich verabredeten uns für vier Uhr.

Nach dem Mittagessen zwinkerte mir Mam verschwörerisch zu und sagte: „Ab heute bist du ein ganz neuer Typ. Freust du dich schon?“

Was sollte ich sagen? Sie hatte Recht. Ich war ein neuer Typ, Marke Jungenschreck.

In der Schule hatte ich mir alle Mädchen in unserer Klasse und den Parallelklassen angesehen. Bix’ Theorie über Frauen mit Brille stimmt. Hundertpro! Kein Junge geht mit einer Brillenschlange aus. Glaube ich zumindest.

„Um vier Uhr haben wir einen Termin beim Optiker. Er will die Brille noch einmal an dir überprüfen“, erklärte Mam strahlend.

Aus dem Besuch bei Alexa wurde also nichts. Dafür saß ich um fünf Uhr heulend in meinem Zimmer. Um mir Vorträge von Mam über die Schönheit von Brillen zu ersparen, hatte ich beim Optiker so getan, als wäre ich begeistert. Daheim habe ich die dämliche Brille unter mein Bett gepfeffert, damit ich sie nicht ansehen musste.

Die Welt bricht über mir
zusammen – Hilfe

Im Flur klingelte es. Zwischen Vanessas Zimmer und dem Flurfenster ist ein dünner Draht gespannt. An jedem Ende hängt eine Glocke. Wollen wir uns Nachrichten schicken, kündigen wir sie durch Geklingel an.

Die Briefchen kommen durch einen Schlauch, der von einem Haus zum anderen reicht. Wir zerdrücken die Zettel zu kleinen Bällchen und pusten sie mit einem Blasebalg durch.

Warum der ganze Aufwand? Weil wir alle Geschwister haben, die schrecklich neugierig sind und wirklich nichts von unserem Geheimnis erfahren dürfen.

Vanessa schickte mir eine Nachricht. Durch das Fenster gab sie mir ein Zeichen, ich solle die Nachricht sofort lesen. Was war geschehen?

*Geheimbotschaft Nr. 3, vorn im Umschlag*

Stellt euch vor, Vanessas große Schwester Susanna bekäme diesen Brief in die Hände. Sie würde herumlaufen und überall erzählen, wie verrückt wir seien. Dabei überrascht mich so eine Nachricht gar nicht mehr. Es handelte sich nur um einen neuen Auftrag von Alexa.

Was allerdings mit einer Mini-Mumie gemeint war, verstand ich nicht. Am liebsten wäre ich noch am selben Nachmittag zu Alexa gegangen, um mehr zu erfahren, doch Mam ließ mich bestimmt nicht mehr fort.

Später rief Vanessa an. Sie sagte nur: „Morgen müssen wir die alte Tante unbedingt besuchen. Klar?“

Das war zu schaffen.

Von meinem Fenster aus sah ich Rosti am Gehweg halten. Frau Taler und Bix stiegen aus. Mit Bix stimmte etwas nicht. Das merkte ich sofort. Sie hielt den Kopf gesenkt und ließ die Haare wie Gardinen vor ihr Gesicht hängen.

„Bitte, Kind, es ist notwendig und wird deiner Schönheit auf Dauer nur nützen“, redete Frau Taler beschwörend auf sie ein. Bix lief ins Haus, als müsste sie sich verstecken.

Mir dämmerte etwas. Die arme Bix! Wenn es stimmte, was ich vermutete, dann war sie wirklich schlimm dran. Noch viel schlimmer als ich. Meine Brille konnte ich abnehmen, ihre Zahnspange aber war fest im Mund montiert.

In Fernsehserien kommt an dieser Stelle immer Musik, bei der man beginnt, Nägel zu kauen. Das Schicksal hatte zugeschlagen. Wie mit einer Keule. Bix war eine Zahnspangenziege und ich eine Brillenschlange. Gestern noch hatten wir uns darüber lustig gemacht, heute waren wir selbst welche.

Am Abend musste ich die Brille tragen. Mam bestand darauf. Als sie zu Paps beim Abendessen sagte: „Fällt dir nichts an unserer Krissi auf?“, musterte er mich kurz und bemerkte entsetzt: „Die Arme hat eine Brille.“

Going! Volltreffer!

Antonius hat mir auf die Schulter geklopft und sich erkundigt, ob sie mich jetzt „Frau Professor“ nennen müssten.

Caesar, mein ältester Bruder, meinte, ich sähe aus wie eine Schleiereule.

Ich bin so heftig aufgesprungen, dass mein Stuhl nach hinten umgefallen ist. Mam kam mir sofort nach, aber ich habe mich in meinem Zimmer eingeschlossen. Nie wieder wollte ich hinaus. Jedenfalls nicht mit Brille. Selbst wenn ich mit dem Ding auf einmal wieder jeden Grashalm im Garten erkennen kann.

Am nächsten Morgen schaute mir Mam vom

Küchenfenster aus hinterher. Ich musste mit der Brille auf der Nase aus dem Haus gehen. Leider waren meine Stirnfransen nicht lang genug, um sie über die dämlichen, hässlichen Gläser zu frisieren.

Vanessa blieb der Mund offen stehen, als sie mich Brillenschlange sah. Sie schluckte dreimal und suchte nach irgendetwas Unverfänglichem, das sie sagen konnte. Schließlich fragte sie: „Ist die, um alle Jungen abzuschrecken und für Malte frei zu sein?“

Meine Knie gaben nach und ich drehte mich zum Küchenfenster um. Mam stand noch immer da und hielt die Gardine mit einem Finger zur Seite. Sie zwinkerte mir aufmunternd zu. Mit freien Augen. Ohne Brillenglas dazwischen.

In diesem Moment öffnete sich die Tür vom Haus gegenüber und Bix trat heraus. Den Kopf hielt sie gesenkt, als gäbe es etwas schrecklich Aufregendes auf ihren Schuhspitzen zu sehen. Als sie vor uns stand, musste sie uns ansehen.

„’allo“, sagte sie hohl und sah aus, als hätte sie keinen

Was für eine Schande

einzigen Zahn mehr im Mund. Das kam davon, dass sie versuchte, die Lippen über die Zahnspange zu ziehen. „'enn ich ho hreche, 'ird er hichts 'e'erken."

Übersetzt sollte das heißen: Wenn ich so spreche, wird er nichts bemerken.

Vanessa verstand kein Wort. Ich schon.

Hinter Bix kam nun Felix, ihr kleiner Bruder, heraus.

„Zahnspangenziege! Bix ist eine Zahnspan-

'ie eklig (wie schrecklich)

Dieses grauenhafte Monster von F.

genziege!“, spottete er und führte einen Tanz auf wie Rumpelstilzchen um das Feuer.

„Windelträger!“, fuhr ihn Vanessa an.

Felix verstummte sofort. Das war für ihn das schlimmste Schimpfwort.

Bix und ich umarmten uns und heulten.

# Wenn Emnach erwacht

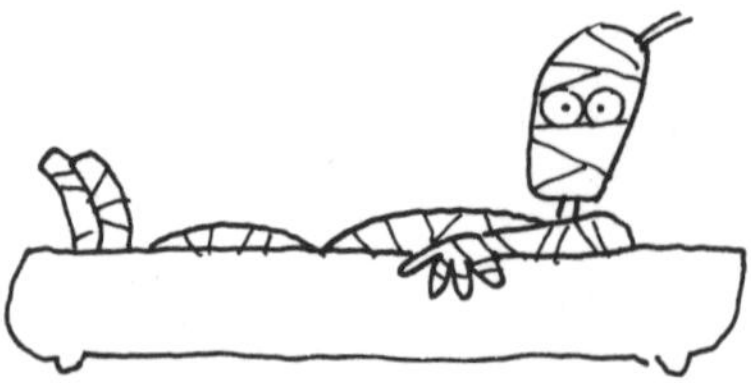

Ich hatte es wirklich besser. Kaum war ich außer Sichtweite des Fensters, nahm ich die Brille ab. Bix gab es bald auf, mit vorgestülpten Lippen zu sprechen. Wir mussten nämlich ständig nachfragen und das war auf Dauer lästig.

„Was soll ich denn tun? Jo mag keine Zahnspangen!“, jammerte Bix.

„Nimm einen Fächer, wie Kaiserin Sissi einen hatte“, schlug Vanessa vor.

Bix verdrehte die Augen zum Himmel.

„Halte immer eine Hand leicht vor“, schlug ich vor.

Auch davon hielt Bix nichts.

„Tausch ihn einfach aus!“, sagte ich dann.

„Ja, genau! Nimm einen anderen Jungen, der nichts gegen Zahnspangen hat“, ergänzte Vanessa meinen Vorschlag.

Bix schüttelte energisch den Kopf. „Ich will aber Jo!“

„Vielleicht sind deine Zähne bis nächste Woche so gut nach hinten gebogen, dass du die Zahnspange wieder abgenommen bekommst“, meinte ich.

Natürlich war mir klar, dass das nicht passieren würde. Bix hatte Hasenzähne und der Zahnarzt hatte gemeint, sie müsse die Spange mindestens ein Jahr lang tragen. Dr. Schneider hatte ihr schon angekündigt, dass sie eine Zahnspange brauchte, und deshalb hatte sie in den letzten Tagen ständig versucht, ihre Hasenzähne zu verstecken.

Es war Freitag. Bis zur Ankunft der Austauschklasse blieben noch genau sechs Tage. Wir konnten nur auf ein Wunder hoffen.

Vanessa blickte uns bekümmert an.

„Ich will euch wirklich keine Angst einjagen“, begann sie zögernd. „Aber Susanna hatte schon einmal so einen Austauschschüler hier. Er hieß Jim und war aus Amerika. Susanna hat er gefallen, doch Jim fand Susanna total affig. Er hat den anderen Austauschschülern die unglaublichsten Geschichten über sie erzählt. Zum Beispiel, dass

Susanna falsche Zähne hätte und sich jeden zweiten Tag die Haare in den Ohren und der Nase schneiden müsste. Er hat sie total lächerlich gemacht. Nicht nur bei seinen Freunden, sondern in der ganzen Klasse."

Bix und ich glotzten Vanessa ungläubig an. Was wollte sie uns damit sagen? Wir ahnten es, doch es durfte nicht wahr sein.

„Wenn Malte und Jo euch affig finden, dann ..."

„Klappe zu!", riefen Bix und ich gleichzeitig.

Erschrocken brach Vanessa mitten im Satz ab und schlug die Hände vor den Mund.

„Ich wollte euch nur warnen", hörten wir sie hinter den Fingern entschuldigend murmeln.

Manchmal ist es besser, wenn sie nur grübelt.

Unsere Mütter waren an diesem Nachmittag milde gestimmt. Als wir alle drei sagten, dass wir durch die Stadt bummeln wollten, ließen sie uns gehen.

Das Bummeln war nicht geschwindelt. Allerdings gehen wir nie gemeinsam zum Rathaus. Jede von uns nimmt einen anderen Weg und einen anderen Eingang. Das tun wir, damit uns niemand so leicht folgen kann. Keiner soll von unserem Geheimnis erfahren.

Im Gewölbe im Keller erwartete uns eine schaurige Spukgestalt. Ich kam als Erste an und bekam daher auch den größten Schrecken. Als ich die lila Tür öffnete, hockte vor mir ein weißgesichtiges Ungeheuer. Mir entfuhr ein spitzer Schrei.

„Für eine Monsterhüterin bist du ganz schön schreckhaft", rügte mich das Weißgesicht mit der Stimme von Alexa.

Oha, auch noch schönheitsbewusst

Es *war* Alexa. Ich erkannte sie an ihren graugrünen Pfoten und den Schwimmhäuten. Ihren

Körper hatte sie mit einem fleckigen Nylonumhang bedeckt, wie man ihn beim Friseur umgebunden bekommt.

Vanessa und Bix traten hinter mir ein. Bix schrie richtig, Vanessa schnappte vor Schreck nur nach Luft.

„Das ist meine Feuchtigkeitsmaske", belehrte uns Alexa. „Schließlich will ich eine weiche, glatte Haut haben und kein Sandpapier."

In solchen Momenten müssen wir ganz ernst bleiben, auch wenn wir am liebsten loslachen würden. Alexa ist eine Kröte und hat bestimmt mehr Warzen als eine ganze Schulklasse zusammen. Ihre Haut sieht aus wie Algen in einem Tümpel an einem heißen Tag.

„He, was hast du im Mund? Ist das eine Radioantenne?", fragte Alexa Bix, die gleich wieder die Lippen aufeinanderpresste. Meine Brille steckte glücklicherweise in meiner Tasche. Das ersparte mir eine spitze Bemerkung.

Plump ließ sich Alexa zu Boden fallen und watschelte umständlich zu einem leeren Bilderrahmen. Mit einem löchrigen Tennisschläger trommelte sie dagegen, bis ein Bild erschien. Woher es kam, weiß ich nicht. Es war auf einmal da und zeigte eine Mumie in einem bunt bemalten offenen Sarkophag. Eingewickelt war die Mumie in ausgefranste Leinenstreifen.

Alexa deutete mit der Pfote auf das Bild. „Das ist Emnach Otok, ein Zauberer aus Ägypten. Schon seit dreitausend Jahren tot. Ihr könnt ihn im Stadtmuseum besuchen."

Vanessa hob nur eine Augenbraue. „Warum sollten wir das tun?"

„Alle hundert Jahre wird er für eine Stunde munter. Er hat sich selbst vor seinem Tod mit diesem Fluch belegt. Allerdings benimmt er sich immer schwer daneben."

Das hörte sich nach Spaß an.

„Beim letzten Mal ist er aus dem Museum ausgebrochen und bei einer piekfeinen Abendgesellschaft aufgetaucht", erinnerte sich Alexa mit Schrecken. „Dort ist er den Damen unter den Rock gekrochen und hat versucht, ihnen die Unterröcke auszuziehen. Er wollte sich darin frisch einwickeln."

Diesmal konnten wir das Kichern nicht unterdrücken. Alexa wurde wütend und schlug mit der Pfote auf den Steinboden. Der Knall hallte durch das Gewölbe.

„Mir war nicht zum Lachen. Es hat einen großen Skandal gegeben. Der arme Bürgermeister, der zur Abendgesellschaft geladen hatte, ist als Sittenstrolch beschimpft worden. Er stand zufälligerweise in der Nähe der Damen, die Emnach belästigt hat."

Jetzt verstand ich, was mit „Mini-Mumie hüten" gemeint war. Wir sollten einen Tag lang Babysitter für eine Mumie sein. Aber warum Mini-Mumie?

„Könntest du die wenigen Gehirnreste in deinem Kopf zum Denken verwenden?", rügte mich Alexa, als ich nachfragte. „Emnach geht dir nur bis zum Bauchnabel. Ich warne euch aber, er hat Kraft für vier."

Vanessa ging in Kampfstellung. „Keine Sorge, mit dem werden wir locker fertig", sagte sie selbstsicher.

„Noch eine Warnung!" Alexa hob mahnend die Pfote. „Seht ihm nicht in die Augen. Jeder Blick bedeutet, dass Emnach eine Stunde länger wach bleibt."

„Kein Problem", meinte ich lässig.

Bix stellte eine ganz wichtige Frage: „Wann ist denn der Tag, an dem dieser Emnach erwachen soll?“

Das Datum ließ uns alle drei erschaudern. Es war der Donnerstag, an dem die Austauschschüler ankamen.

„Und um wie viel Uhr geht es los?“, fragte Bix weiter.

„13 Uhr 13!“, lautete Alexas Antwort. „Seid pünktlich! Sonst ist Emnach über alle Berge. Nehmt ein paar Lumpen mit und gebt sie ihm zum Spielen. Dann macht er die wenigsten Schwierigkeiten.“

Es hörte sich nicht nach einem schwierigen Auftrag an. Ich meine, was ist schon dabei, so eine kleine Mumie an die Leine zu legen?

He, das war *die* Idee. Ich würde eine Leine von Amadeus nehmen, unserem Spaniel. So konnte die Mumie nicht entkommen. Wir mussten sie nur eine Stunde lang gut verstecken, dann würde sie wieder in ihren hundertjährigen Schlaf fallen – wie Dornröschen.

Allerdings glaubte ich nicht, dass sich irgendeine Prinzessin finden ließe, die diesen Emnach wach küssen würde. Man stelle sich das vor: jemand, der sich hundert Jahre lang nicht die Zähne geputzt hat.

# Pläne schmieden

Bei Vanessa, Bix und mir hatte sich etwas geändert. Bix war ziemlich schweigsam geworden. Sie wollte einfach nicht, dass man ihre Zahnspange sah, und deshalb hielt sie den Mund.

Vanessa hingegen redete mehr als je zuvor. Ihre große Schwester Susanna hielt es kaum aus, dass ein Junge zu ihnen kam, der ganz bestimmt kein Susanna-Verehrer war.

Daheim trug ich meine Brille, machte aber einen großen Bogen um alle Spiegel im Haus. Ich gebe es nicht gerne zu, aber das grässliche Ding hatte auch Vorteile. Fernsehen ist mein Hobby, und in letzter Zeit hatte ich dabei oft Kopfschmerzen bekommen. Das war jetzt vorbei. Außerdem musste ich nicht mehr die Augen zusammenkneifen, um die Leute auf dem Bildschirm scharf zu sehen. Ich konnte mich sogar wieder im Lümmelsofa fläzen, das weit vom Fernseher entfernt steht.

Die Tage flogen dahin. Mehrmals verabredeten wir uns zu einem Treffen, aber immer kam etwas dazwischen. Entweder musste Vanessa zu einem zusätzlichen Karatetraining oder Bix musste zur Zahnspangen-Kontrolle oder ich musste mit Mam einkaufen gehen. (Mam lässt sich immer von mir beraten, wenn sie neue Klamotten braucht.)

Am Dienstagabend kam von Vanessa durch den Schlauch eine Geheimbotschaft.

*Geheimbotschaft Nr. 4, vorn im Umschlag*

Erst am Mittwoch hatten wir endlich Zeit, in Bix' Zimmer zusammenzuhocken und zu beratschlagen. Bei dieser Gelegenheit erklärte mir Vanessa, was sie mit ihrer Nachricht gemeint hatte.

Sie zog mir die Brille von der Nase. (Moment! Ich hatte mich schon so daran gewöhnt, dass ich sie völlig vergessen hatte!)

„Unter keinen Umständen darf mich Malte mit der Brille sehen", erklärte ich.

Genau – böses Mädchen – ups

Mam achtete allerdings streng darauf, dass ich die Brille trug.

Vanessa nickte verständnisvoll und klappte die Bügel der Brille nach innen. Mit Unschuldsmiene steckte sie die Brille einem von Bix' Teddybären unter die Jacke und murmelte dazu: „Ups! Wo ist sie denn? Du hast sie verloren, du böses Mädchen!"

„Ups!", machte ich und legte wie eine feine Dame die Finger ans Kinn. „Wo kann sie nur sein?"

Vanessa und Bix grinsten breit. Sehr übertrieben schüttelten sie die Köpfe und sagten im Chor: „Wir haben deine Brille nicht gesehen."

Problem eins war gelöst. Viel schwieriger war die Sache mit Bix' Zahnspange.

„Jo mag keine Zahnspangen", jammerte sie.

„Hast du Jo denn ein Foto von dir geschickt?", erkundigte sich Vanessa.

„Nur eines, auf dem wir alle drei drauf sind. Das Foto vom Rummelplatz, das Ben in den Sommerferien von uns geknipst hat." (Zur Erklärung: Ben ist der Freund von Bix' Mutter. Herr Taler ist nämlich bei einem Motorradunfall ums Leben gekommen.)

Vanessa lächelte, wie man lächelt, wenn man eine pfiffige Idee hat. „Dieses Foto habe ich auch geschickt", sagte sie. „Ich habe zwar dazugeschrieben, welche ich darauf bin, aber Jungen sind da nicht so genau. Wir tauschen ganz einfach. Du bekommst Janis und ich Jo."

Bix strahlte. „Das würdest du wirklich tun?"

Großzügig zuckte Vanessa mit den Schultern, als würde es ihr nichts ausmachen.

„Weiß Frau Kleber denn nicht, wer bei wem wohnt?", wandte ich ein.

Vanessa machte eine wegwerfende Handbewegung. „Wir sagen ihr am Freitag, dass es sich anders ergeben hat."

Nach einigem Zögern sagte Bix vorsichtig: „Aber Janis sieht noch viel besser aus als Jo." Ich fand es sehr fair, dass sie das auf den Tisch brachte. Es stimmte nämlich.

Vanessa nickte grinsend. „Deshalb hätte ich auch gern Jo. Dann gibt es weniger Ärger mit meinen Schwestern. Wenn so ein Mister Universum zu uns kommt, drehen die Weiber durch."

Wir klatschten die Hände in der Luft zusammen. Der Plan war durch und durch gut.

Am Donnerstagvormittag hielt Frau Kleber uns noch einen Vortrag, wie wir unsere Gäste empfangen sollten: „Bitte seid freundlich zu ihnen und denkt daran, dass sie eine lange Fahrt im Bus hinter sich haben. Zeigt ihnen die Zimmer, wo sie übernachten werden, und macht sie mit allen Familienmitgliedern bekannt."

Marco neben mir sagte: „Frau Kleber tut so, als würden wir Hunde aus dem Tierheim nach Hause holen."

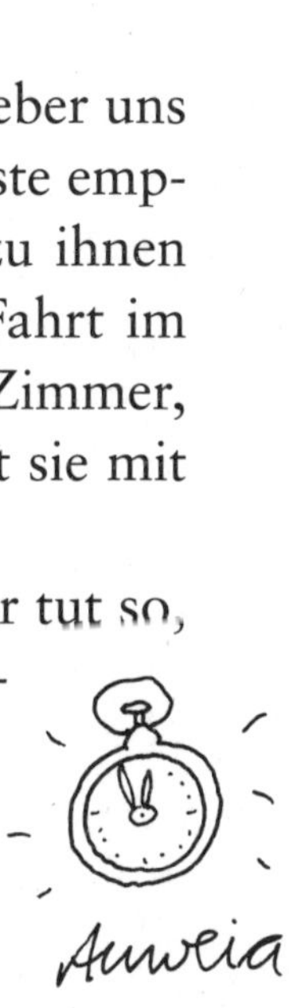


Lillibeth hüpfte auf ihrem Stuhl auf und ab und meldete sich mit zwei Fingern. „Wann wird der Bus hier sein?"

„Um fünf Uhr nachmittags. Bitte, seid pünktlich!“ Frau Kleber sah über unsere Köpfe, ob noch jemand eine Frage stellen wollte, doch keiner meldete sich.

Vanessa, Bix und ich hatten von unseren Müttern die Erlaubnis bekommen, nach der Schule in der Stadt zu bleiben. Wir hatten behauptet, noch wichtige Dinge für unsere Gäste besorgen zu müssen. In Wirklichkeit wollten wir ins Museum.

Die Schule war fünf Minuten vor eins zu Ende. Das Museum ist drei Busstationen entfernt. Um 13 Uhr 13 sollte die Mumie erwachen. Viel Zeit blieb uns also nicht.

Der Bus war nicht einmal voll und hielt um sieben Minuten nach eins vor dem Museum.

Das Gebäude sieht ein bisschen aus wie ein Tempel. Breite Stufen führen zu einem Eingang, vor dem eine lange Reihe dicker Säulen steht. Es gibt ein hohes dunkles Tor, das aber niemals geöffnet wird. Daneben befindet sich eine normale Tür, durch die man zu den Kassen gelangt.

Für Schüler war der Eintritt frei. Eine Dame, die ständig zwinkerte, händigte uns drei Freikarten aus.

*Unser Musentempel*

„Was wollt ihr sehen? Ich kenne mich gut im Museum aus", fragte sie uns.

„Die kleine Mumie", platzte ich heraus.

Die Uhr tickte. Uns blieben nur noch vier Minuten. Einen Tipp, wie wir am schnellsten zu Emnach kamen, konnten wir dringend brauchen.

Die Dame an der Kasse verzog das Gesicht, als hätte sie in eine Zitrone gebissen. „Nein", sagte sie gedehnt, „diese zerschlissene Mumie ist nichts für euch. Ihr solltet euch besser das Gold der Ritter ansehen."

Nur noch drei Minuten.

„Wir wollen die kleine Mumie sehen!", beharrte ich.

„Davon bekommt ihr bestimmt schlechte Träume. Sie sieht so hässlich aus", leierte die Dame. Wir konnten nicht einmal einfach losrennen, da sie das Drehkreuz für uns entriegeln musste. Vanessa stemmte sich dagegen, doch es blieb starr.

Bix schob mich zur Seite und murmelte mit halb geschlossenen Lippen: „Gut, wir sehen uns das Gold an."

Zufrieden, weil wir ihren Vorschlag angenommen hatten, drückte die Dame den Knopf und wir konnten endlich weiter.

Nur noch zwei Minuten.

Hinter den Kassen erstreckt sich eine weite Halle, in der alles aus Marmor ist. Nach links und rechts führt je eine Treppe hoch.

„Ich weiß, wo die Mini-Mumie steht", sagte Bix keuchend. „Felix will immer zu den Mumien, wenn wir im Museum sind."

Das hätte sie aber auch früher sagen können.

Sie führte uns zur rechten Treppe und lief los.

Die Dame kam aus ihrem Kassenhäuschen und rief uns nach, dass die andere Treppe zum Saal mit dem Gold der Ritter führte. Als wir so taten, als würden wir sie nicht hören, kam sie uns sogar nach!

Die Sekunden der letzten Minute vergingen ratz-fatz.

Wir rannten so schnell, dass wir mit den Schuhen über den glatten Steinboden rutschten, als wir im richtigen Saal bremsten. Viel zu spät erkannten wir, dass wir uns hier schon längst hätten umsehen müssen. Aus lauter Brillen-Kummer und Zahnspangen-Sorgen hatten wir Alexas Auftrag auf die leichte Schulter genommen.

Bix und Vanessa entdeckten die Mumie des ägyptischen Magiers sofort. Ich nicht. Ich sah nur verschwommen Kisten an den Wänden stehen. Meine Freundinnen führten mich zu einem aufgestellten Sarkophag, der mit einer Glasplatte abgedeckt war.

Auf meiner Uhr war es 13 Uhr 13.

Erst als ich knapp davorstand, konnte ich die graue Gestalt hinter der Glasplatte sehen. Sie hatte die Größe eines vierjährigen Kindes, war zaundürr und in zerschlissene Stoffstreifen ge-

Eine leicht schaurige Umgebung

wickelt, die mit einer klebrigen Flüssigkeit bepinselt worden waren. Die Mumie erinnerte an ein graues Lumpenbündel und wirkte nicht sehr appetitlich.

„Kinderchen, nein, das ist nichts für euch!", hörten wir die Dame von der Kasse hinter uns. Sie war echt nicht die Dünnste, bewegte sich aber leichtfüßig wie eine Gazelle.

Unter der Glasplatte knirschte es. Wir wirbelten herum und blieben ganz dicht nebeneinander stehen. Die Frau durfte nicht mitbekommen, was sich hinter unserem Rücken abspielte.

Das Knirschen wurde noch lauter. Es klang, als würde jemand ein Tuch mit eingetrocknetem Matsch zusammendrücken. Die dicke Glasplatte bewegte sich in unsere Richtung.

„Das Gold der Ritter liegt im anderen Flügel des Museums", belehrte uns die Dame. „Ich führe euch hin. Kommt bitte mit!"

Die schwere Glasplatte schlug mir gegen die empfindliche Stelle an der Ferse und ich knickte nach vorne ein. Vanessa griff nach hinten und konnte die Platte gerade noch auffangen, bevor sie zu Boden fiel und womöglich zerbrochen

Feuer, das Einzige, was noch helfen konnte

wäre. Sie versuchte, sie wieder auf den Sarkophag zu pressen, doch Alexa hatte Recht: Die Mumie hatte Kräfte für vier. Sie stemmte sich von innen dagegen, weil sie hinauswollte.

„Kommt jetzt mit!“ Die Dame ließ nicht locker und stampfte energisch mit dem Stöckelschuh auf.

Wir wechselten verzweifelte Blicke.

Hinter uns begann die Mumie zu schimpfen. Verstehen konnte man kein Wort. Die

Sprache hörte sich seltsam und völlig fremd an. Die Stimme der Mumie klang so, als würde jemand zwei Stücke Sandpapier aneinanderreiben.

# Mumienjagd

„Rauch!“, rief Bix und deutete auf eine Stelle hinter der Dame. Bix ist in der Theatergruppe unserer Schule und hat wirklich Schauspieltalent. Sie wirkte so überzeugend, dass die Dame herumfuhr und sich suchend umsah.

„Ich kann das Feuer riechen!“, setzte Bix noch eins drauf.

Die Dame verzog die Nase zu einem Schweinerüssel und sog heftig die Luft ein.

„Es brennt ganz sicher irgendwo!“, schrie Bix. Als ich mich umdrehte, zwängte sich die kleine Mumie gerade aus dem Spalt zwischen Sarkophag und Glasplatte. Es knirschte und bröselte. Feiner klebriger Staub stieg auf.

Das graue Bündel war tatsächlich höchst lebendig geworden. Aus den engen Stoffwicklungen hatten sich dünne, fast schwarze Ärmchen gebohrt. Die Haut war faltig und welk, die Finger lang. Nur die Beine der Mumie waren noch immer fest umwickelt.

Alexa hatte nicht übertrieben. Die Mumie war zwar kleiner als Bix' Bruder Felix und höchstens halb so dick, hatte aber die Kräfte eines Muskelprotzes. Unter ärgerlichem Ächzen kämpfte sie sich hinter der Glasplatte hervor und schlug nach uns, als wir versuchten, die Platte auf den Sarkophag zu pressen.

Ich hatte ein altes Halsband und eine Leine von Amadeus eingesteckt und fingerte danach in meiner Jackentasche. Die Lumpen, die Alexa empfohlen hatte, waren bei Bix. Ich wollte ihr sagen, sie solle sie herausrücken, doch Bix machte in diesem Augenblick ein paar Schritte nach vorn.

Der Grund war die besonders fürsorgliche Dame, die uns den Schock des Anblicks der kleinen Mumie ersparen wollte. Wenn sie gewusst hätte, dass wir mit dem zähen kleinen Ding gerade einen Ringkampf veranstalteten, wäre ihr bestimmt das Make-up vom Näschen abgeblättert.

Die Dame hatte sich kopfschüttelnd wieder uns zugewandt. „Ich kann keinen Rauch riechen und sehen auch nicht."

Bix fuchtelte mit den Armen und verstellte ihr die Sicht. Sie drängte die Frau aus dem Saal, damit Vanessa und ich uns um die Mini-Mumie kümmern konnten.

Der vertrocknete Kleine gebärdete sich wie Felix, wenn er zum Friseur soll. Die Mumie, die

halb zwischen dem Rand der steinernen Totentruhe und der Glasplatte eingeklemmt war, boxte nach uns und gab zischende Laute von sich. Fast wie eine Kobra, bevor sie zubeißt. Mit den umwickelten Beinen trat sie nach vorn und schaffte es, die Glasplatte wegzudrücken. Wir konnten sie nicht mehr halten. Nicht einmal mehr zu zweit. Dieses Trockenfrüchtchen war stärker.

Ein lautes Knirschen, ein triumphierender Schrei auf Altägyptisch und die Mumie war frei. Ihr hättet sie sehen sollen! Als sie die Flucht ergriff, sah sie aus wie wir beim Sackhüpfen. Sie konnte nur mit beiden Beinen gleichzeitig springen, war aber dennoch rasend schnell.

Noch immer beschwatzte Bix die Dame von der Kasse. Hinter dem Rücken bedeutete sie uns mit der Hand, wir sollten uns beeilen.

Die Mumie war bereits durch die zweite Tür

aus dem Saal entwischt. Vanessa und ich konnten nur noch die Glasplatte auf den Sarkophag zurücklegen und ihr dann hinterherlaufen.

Die Gänge im Museum sind lang und hoch. Alle paar Meter führen zweiflügelige Holztüren in Säle. Zum Glück waren um diese Zeit nur sehr wenige Besucher unterwegs.

Vor uns lag ein leerer Gang. Die hüpfende Mumie war also in einem Saal. Vanessa und ich standen da und hielten die Luft an. Wir hörten

*Tatütata – hinterher!*

das Klopfen unserer Herzen und das Rauschen des Blutes in den Ohren. Die Mumie aber verriet sich durch kein Geräusch.

Wo war sie hin? Was hatte sie vor?

Wir warteten. Wir sahen uns an. Wir zuckten ratlos mit den Schultern.

Irgendwo, jedenfalls weit entfernt, hörten wir ein sehr leises Tapp-tapp-tapp-tapp.

Das musste sie sein. Sie hüpfte wieder.

Vanessa deutete links auf einen Durchgang, hinter dem eine Treppe nach unten führte. Unsere Füße überholten sich fast selbst, so schnell rannten wir hinunter.

Das Museum ist ein bisschen wie ein Tante-Emma-Laden. Es gibt dort von allem etwas. Also ein bisschen Ägypten, ein bisschen altes Rom, ein bisschen Steinzeit, ein bisschen Kostüme aus alten Schlössern und ein bisschen Ritterrüstungen.

Wir fanden das kleine graue Trockenmonster im Kostümsaal. Ich kenne diesen Saal gut, weil wir dort schon einmal mit unserer Kunstlehrerin waren. Auf Podesten stehen lebensgroße Puppen in feinen Kostümen aus der Vergangenheit. Vor allem Prinzen und Prinzessinnen des

Barocks und Rokokos werden gezeigt. Damals trug man Röcke, die so weit und ausladend wie kleine Zelte waren.

Ich konnte nicht sehen, wo die Mumie genau war. Auch die Puppen waren für mich nur große Wolken in Rosa, Gelb und Blassblau. Ich gebe es nicht gerne zu, doch in diesem Augenblick habe ich mir meine blöde Brille gewünscht. Mit ihr hätte ich jetzt alles ganz genau erkennen können.

„Sie hat sich über eine Rokoko-Dame hergemacht!“, berichtete Vanessa atemlos. „Sie zerreißt einen rosaroten Rock in dünne Streifen.“

Das Ritsch hallte durch den Saal und klang in unseren Ohren wie ein lauter Schrei.

Von der Mumie kam ein zufriedenes Grunzen und Krächzen.

„Sie wickelt sich in die Stoffstreifen ein“, schilderte Vanessa. „Da sind Spitzen dabei. Sie sieht aus, als würde sie jetzt Spitzenunterhöschen tragen.“

„Wir müssen sie einfangen“, raunte ich ihr zu.

Das war leichter gesagt als getan.

Vanessa duckte sich und pirschte los wie ein Indianer auf Kriegspfad. Ich folgte ihr.

Die fast entkleidete Prinzessin

Der getrocknete Magier war noch immer mit Zerreißen und Wickeln beschäftigt. Wie eine Katze sprang Vanessa vor und stürzte sich auf ihn. Mit einem hohen Quieken sauste die Mumie in die Höhe und verschwand.

Suchend sahen wir uns um.

Die Kostümpuppen, die in meiner Nähe standen, konnte ich gut erkennen. Dahinter aber war für mich alles nur ein bunter Nebel. Das Schicksal einer kurzsichtigen Brillenschlange!

Aber auch Vanessa, die Augen hat wie ein Luchs, konnte die Mumie nirgendwo mehr entdecken.

„Der Saal hat hinten keinen Ausgang“, flüsterte sie mir zu. „Du suchst rechts, ich links. Wir treiben sie nach hinten in die Enge.“

Ich nickte. Auf allen vieren krochen wir los. Nur meine Zehenspitzen und meine Fingerkuppen berührten den Boden. Die Mumie sollte sich völlig sicher fühlen, damit wir sie überraschen konnten.

Und dann sah ich sie. Drei Podeste weiter vorn kauerte sie bei einem König in Pumphosen und einem meterlangen purpurroten Krönungsmantel. Für mich war sie nur ein grauer Fleck neben den Beinen der Figur, die in weißen Strümpfen steckten.

So richtig gesehen habe ich die Königspuppe nicht. Ich konnte mich nur gut an sie erinnern, weil ich sie damals gezeichnet hatte.

Egal. Zentimeter für Zentimeter pirschte ich mich an. Die Mumie fühlte sich unbeobachtet und blieb am gleichen Fleck sitzen. Wahrschein-

Die Jagd auf die Stinkepuppe

lich fraß sie gerade die Seidenstrümpfe des Königskostüms.

Noch ein Stück. Ein Podest hatte ich schon hinter mich gebracht. Der Abstand zwischen den nächsten beiden betrug allerdings mindestens zehn Schritte.

Ich war entschlossen, diesen vertrockneten kleinen Kobold zu fassen.

Ein Gedanke kam mir, der mich ziemlich erschreckte. Wie fühlte sich so eine Mumie eigentlich an? Kalt wie ein toter Fisch? Oder warm? Klebrig oder trocken? Schwer oder leicht?

Ganz ehrlich: Ich lache in der gruseligsten Geisterbahn und die steilste Achterbahn auf dem Rummelplatz ist mir die liebste. Aber die Aussicht, eine Mini-Mumie anzufassen, jagte mir die Gänsehaut über den Rücken. Jedes Härchen richtete sich in meinem Nacken auf.

Es war noch ein großes Stück bis zur Mumie. Ich befand mich neben einer Puppe in einem Rock, der zwar flach war, aber dafür weit nach links und rechts wegstand. Diese Deckung musste ich sofort verlassen.

Da raschelte neben mir der Stoff.

# Locken mit Socken

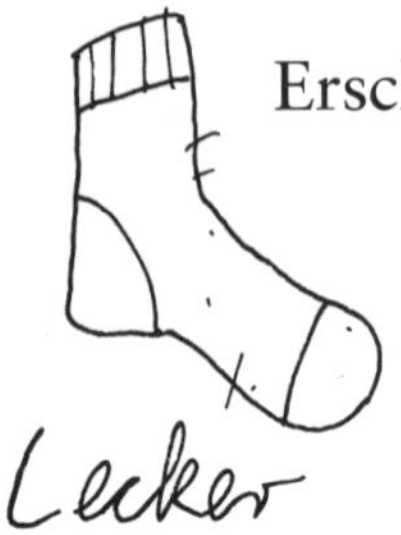


Erschrocken drehte ich den Kopf.

Die schimmernde Seide des Rockes wurde auf der Höhe, auf der sich mein Kopf befand, grob zur Seite gezogen.

Ich sah zwei kleine grüne Punkte aufglühen. Als ich begriff, was diese Punkte waren, war es bereits zu spät. Hastig kniff ich meine Augen zu und drehte den Kopf weg. Etwas Stinkendes flog knapp an mir vorbei und landete nicht weit von mir entfernt. Vorsichtig spähte ich durch die Wimpern.

So nahe, dass ich danach hätte greifen können, hockte die kleine Mumie wie ein Frosch auf dem Marmorboden. Schon wieder begannen in ihrem Kopf zwei winzige grüne Augen zu leuchten.

Ich konnte gerade noch einen Aufschrei unterdrücken. Ich schlug die Hand vor die Augen, weil der Blick der Mumie in meinem Kopf wie ein heftiger Stich war. Als ich mich zur Seite drehte, spürte ich auf einmal, wie etwas Trockenes, Bröseliges an meiner Hand zog. Ich spreizte die Finger, nur um zu sehen, dass es nicht das war, was ich befürchtete.

Es war genau das!

Die Mumie wippte ungeduldig vor mir auf und nieder und versuchte, die Hand von meinen Augen zu ziehen. Das kurze Blinzeln durch die Finger hatte genügt, um abermals in die grünen Augen zu sehen. Noch ein stechender Schmerz zuckte von meiner Stirn bis in meinen Nacken.

Von links kam etwas auf mich zu. Ich vergrub das Gesicht in den Händen, um auch bestimmt nicht mehr in die furchtbaren Mumienaugen blicken zu müssen. Neben mir landete ein Körper mit einem dumpfen Plumpsen. Vor mir kicherte jemand hoch und trocken. Und dann war wieder das hüpfende Geräusch zu hören.

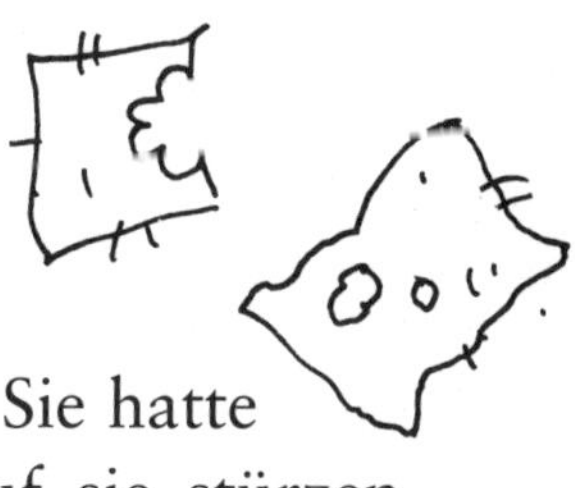

„Ich kriege dich!", hörte ich Vanessa schnaufen. Sie war es, die neben mich gesprungen war. Sie hatte die Mumie gesehen und sich auf sie stürzen wollen. Jetzt hetzte sie dem kleinen knirschenden Bündel hinterher, das bei jedem Sprung eine graue Staubwolke aufsteigen ließ.

Mir war schlecht. Mein Hirn fühlte sich an wie Pudding. Abgesehen von den Kopfschmerzen machte mir eine andere Sache noch viel mehr zu schaffen: Dreimal hatte ich in die glü-

henden grünen Augen gesehen. Dreimal hatte ich den Stich gespürt. Wenn es stimmte, was Alexa sagte, so hatte ich der Mumie damit drei weitere Stunden geschenkt, in denen sie durch das Museum toben und Unfug anrichten konnte.

Es war kurz vor halb zwei. Bis halb drei wäre das graue Staubmonster ohnehin wach gewesen. Durch meine Dummheit würde es jetzt erst um halb sechs erstarren.

Halb sechs? Wie sollten wir das machen? Um spätestens fünf Uhr sollten wir in der Schule sein. Und vorher mussten wir natürlich noch nach Hause.

In so einem Augenblick möchte ich mir am liebsten selbst eine kleben. Die einzigen Gründe, warum ich es nicht mache, sind, weil es wehtut und es mir ohnehin schon schlecht genug geht.

Ich war richtig sauer auf mich selbst. Mit der Brille wäre mir das nie passiert.

Immer noch hockte ich auf dem Boden, als jemand den Saal betrat. Ich spähte zwischen den Podesten zum Eingang und sah Frauenbeine in Nylonstrümpfen und Männerbeine in einer ausgebeulten grauen Hose. Ein älteres Paar schlenderte zwischen den ausgestellten Kostümen herum und unterhielt sich über die unbequeme Mode von damals.

„Wenn sich eine der Damen gebückt hat, ist

Das war der Anfang vom Ende

der Rock hinten bestimmt hochgeklappt.“ Der Mann kicherte und bekam dafür ein tadelndes „Aber Robert!“ zu hören.

Die Frau entdeckte den zerrissenen Rock der Rokoko-Puppe. „Da waren doch Vandalen am Werk!“, empörte sie sich und zerrte ihren Mann aus dem Saal, um einen Museumsaufseher zu suchen.

Na großartig! Es ging schon los. Als Nächstes würde bestimmt jemand den leeren Sarkophag der Mini-Mumie entdecken und Alarm schlagen. Wir drei waren dort gesehen worden, noch dazu von der Dame von der Kasse. Das bedeutete, dass der Verdacht auf uns fallen würde.

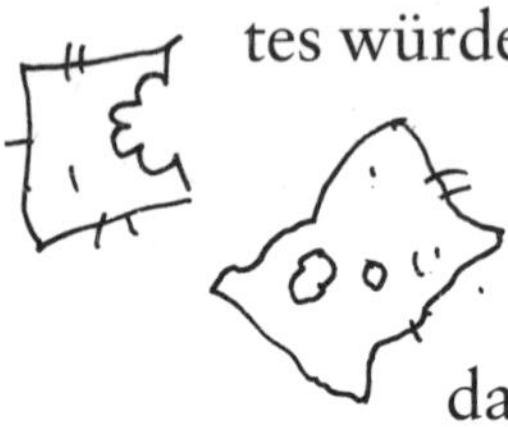

Ich sah uns schon im Gefängnis sitzen. Normalerweise bringt mich so leicht nichts aus der Ruhe. Die Mumie aber schaffte mich.

Wo war Vanessa?

Wo war Bix?

Was stellte die Mumie gerade an?

Suchend lief ich durch die Gänge und Säle. Bix stand nicht weit von dem Saal entfernt, in dem sich der leere Sarkophag befand, und drehte sich im Kreis. Sie hatte die Nase in die

Luft gereckt wie mein Amadeus, wenn er Essen riecht.

„Da war Rauch, ganz sicher“, beteuerte sie.

Die Dame schüttelte missbilligend den Kopf. „Du erzählst mir Märchen. Falls du mich an der Nase herumführen möchtest, handelst du dir Ärger ein.“

Es gelang mir, Bix unauffällig ein Zeichen zu geben.

„Äh ... kann auch daran liegen, dass wir in der Schule in Chemie dieses Experiment gemacht haben, das so gestunken hat“, entschuldigte sich Bix hastig. „Ich habe den Geruch immer noch in der Nase.“ Sie hob die Hand, nickte höflich und verschwand auf schnellstem Weg.

Als Nächstes mussten wir Vanessa finden. Ein Knall führte uns zu ihr. Er kam aus dem Gang, in den die Mumie zuerst geflüchtet war. Vanessa stand mit dem Rücken gegen eine kleine, braun gestrichene Tür gepresst. Die Tür war viel niedriger als die Türen, die in die Ausstellungsräume führten.

„Sie ist da drinnen“, keuchte Vanessa und deutete mit dem Daumen über die Schulter.

„Was ist das für ein Raum?“, fragte ich.

Die völlig zerrissene Mumiendompteuse

„Eine Art Abstellraum. Es sind Eimer, Besen und so Sachen darin."

„Wie hast du sie hineinbekommen?", wollte Bix wissen.

Erst jetzt bemerkte ich, dass Vanessa so verändert aussah. Ihre Jeansjacke war weg und von ihrer Bluse fehlte ein Ärmel. Sie hatte auch nur einen Schuh an und eine Socke fehlte.

„Sie hat Stoff zum Fressen gern", erklärte Vanessa, als sie unsere erstaunten Blicke spürte. „Die Mumie wickelt sich nicht nur darin ein. Sie hat auch ein schwarzes zahnloses Maul und verschlingt alles, was aus Stoff ist, schneller als jede Motte."

Wir verstanden noch nicht ganz, was das mit ihrer zerfetzten und fehlenden Kleidung zu tun hatte.

„Ich habe die Jacke nach ihr geworfen", berichtete Vanessa. „Sie hat sie gefressen. Weil ich nichts anderes hatte, habe ich mir dann den Blusenärmel ausgerissen. Als sie das Zerreißen des Stoffs gehört hat, war sie auf einmal bei mir wie ein kleiner Hund. Ich habe ihr den Stoff vor die Nase gehalten und sie so locken können. Leider nicht weit, weil sie danach geschnappt und mir den Ärmel aus der Hand gerissen hat. Danach hat meine Socke daran glauben müssen. Wieder habe ich sie ihr hingehalten wie einen Hundekuchen. Diesmal sind wir weiter gekommen, nämlich bis zu dieser Tür. Sie stand offen. Ich habe die Socke hineingeworfen, die Mumie ist hinterher. Tür zu und jetzt ist sie drinnen." Vom Erzählen war Vanessa wieder außer Atem.

„Hast du ihr in die Augen gesehen?", bestürmte ich sie.

„Natürlich nicht!", antwortete sie entrüstet.

Es blieb mir nichts anderes übrig als zu gestehen, was mir passiert war. Bix und Vanessa stöhnten gequält auf. War mir das vielleicht oberpeinlich!

Hinter der Tür rumorte die Mumie.

„Es haben viele Putzlappen in der Kammer gelegen", meinte Vanessa zu uns . „Wahrscheinlich macht sie sich gerade über sie her."

Auf meiner Uhr war es gerade Viertel vor zwei. Noch dreieinhalb Stunden mussten wir die Mumie hüten. Wie sollten wir das schaffen?

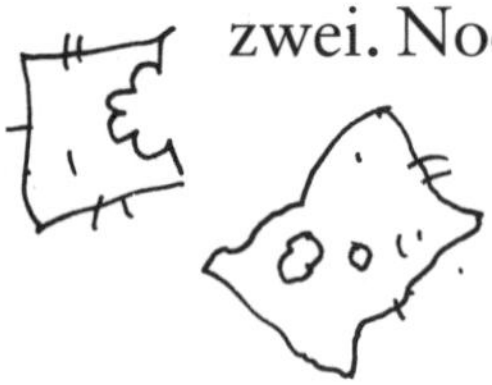

# Nichts für schwache Nerven

WARNUNG!

Das folgende Kapitel ist nichts für Leute mit schwachen Nerven. Falls ihr zu dieser Kategorie gehört, überblättert es lieber!

Ich wette, niemand tut das. Ihr wollt bestimmt alle wissen, was mit der Mumie letztendlich geschehen ist.

Zuerst einmal standen wir vor der Tür und beratschlagten, wie es weitergehen sollte. Vanessa und ich wurden von unseren Müttern daheim zum Mittagessen erwartet. Bix hatte mehr Glück. Ihre Mutter arbeitete den ganzen Tag und ihr kleiner Bruder Felix war noch im Kindergarten.

„Vanessa, deine Mam stellt die meisten Fragen. Du musst unbedingt nach Hause“, riet ich.

„Eine von uns muss hierbleiben und die Mumie bewachen“, stellte Bix fest.

Ich hob die Hand. „Das ist meine Aufgabe. Ich bin schuld, dass das Staubbündel so lange wach bleibt.“

„Dann rufe ich später deine Mutter an und behaupte, du seiest bei mir, weil wir eine Überraschung für die Austauschschüler basteln“, bot Bix an.

Ich hatte Zweifel, ob Mam das schlucken würde, aber Bix vertraute voll auf ihr Schauspieltalent.

Vanessa und Bix winkten mir zu und zogen ab. Allein blieb ich vor der Tür zurück.

Aus dem unteren Stockwerk des Museums kamen aufgeregte Stimmen und ein Gewirr von Schritten. Ich hörte die Stimme der Kassiererin.

„Diese drei Mädchen sind mir seltsam vorgekommen, Frau Direktor.“

Schreck! Albtraum! Wenn sie mich hier oben fanden, würde es jede Menge Ärger und Probleme geben. Mein Blick fiel auf die Tür. Statt draußen zu stehen, konnte ich die Mini-Mumie genauso gut in der Abstellkammer bewachen. Wirklich wild war ich nicht darauf, aber was blieb mir anderes übrig?

Sehr behutsam zog ich die Tür einen kleinen Spalt auf. Ich war das von daheim gewohnt. Wir haben einen Hund und zwei Katzen, die auch nicht überall hinein- oder hinaussollen. Daher bin ich im Tür-nur-ganz-wenig-Aufmachen geübt. Das Bein stellte ich so, dass die Mumie nicht hinausschlüpfen konnte.

Schwups! Ich war drinnen und zog die Tür hinter mir zu. An der Innenseite steckte ein Schlüssel, den ich umdrehte.

Hinter mir rumorte die Mumie. Ich wagte nicht, mich umzudrehen. Noch ein Blick und sie blieb wach bis halb sieben. Das Museum schloss aber um sechs und bis dahin musste ich draußen sein. Was die Mini-Mumie dann allein anstellen würde, konnte ich mir vorstellen.

Den Kopf gesenkt, die Augen zu schmalen Schlitzen zusammengekniffen, drehte ich mich langsam um.

Die Abstellkammer war ein langer, schmaler Schlauch mit Regalen vom Boden bis zur Decke. Durch eine Luke, die sich hoch oben befand, fiel ein wenig Licht.

Wie habe ich mir in diesem Augenblick meine Brille gewünscht! Ich sah am Ende des Raumes schemenhaft Eimer und eine Leiter und dazwischen etwas, das aussah wie ein hüpfendes Auf-

*Mit Brille wäre das nicht passiert …*

wischtuch. Ich meine diese grässlichen grauen Fetzen.

Mir war klar, dass es sich um die Mumie handeln musste. Wieder zerriss sie Stoff und an ihrem Schmatzen war zu erkennen, dass sie einiges davon in sich hineinstopfte. Bei jeder Bewegung knisterten ihre steifen Wicklungen.

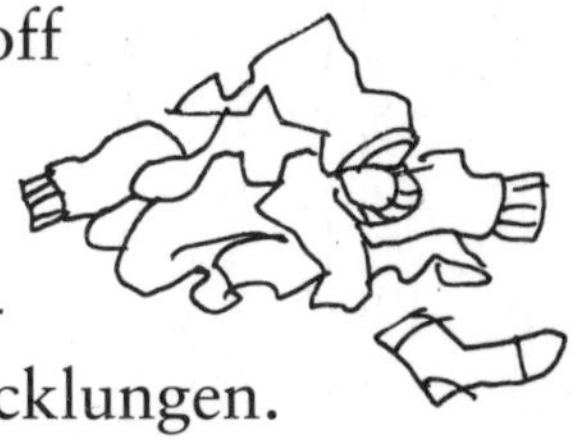

Der Gestank in der Kammer war übel. Die Mumie roch wie ein uralter Koffer, der viele Jahre ungeöffnet auf einem Speicher gelegen hat. Die Luft war erfüllt von feinem grauem Staub, der mir sofort in Mund, Ohren und Nasenlöcher kroch und schrecklich kitzelte. Ich musste blinzeln.

Im trüben Licht konnte ich noch immer den grauen Sack ausmachen, der da an die Leiter gelehnt stand. Es musste der Lieblingsplatz der Mumie sein.

Wer jetzt darauf tippt, dass ich gar nicht die Mumie sah, der hat hundert Punkte. Was ich für den schlecht gewickelten Kerl hielt, war wohl tatsächlich ein länglicher Sack. Die echte Mumie nämlich hatte sich an mich herangeschlichen und ich hatte es nicht bemerkt. Erst als es zu meinen Füßen raschelte, blickte ich hinunter.

Die kleine Gestalt, die aussah wie ein Staubwedel, der mit viel Haarspray besprüht worden war, schoss zu mir nach oben und schlang die dürren Ärmchen um meinen Hals.

Was dann geschah, kann ich nicht einfach so hinschreiben. Es ist zu schrecklich und unfassbar. Sie hat …

*Geheimbotschaft Nr. 5, vorn im Umschlag*

Und nicht nur das! Ihre Augen waren nicht mehr kleine grüne Punkte, sondern grell leuchtende Ampellichter, die mich fixierten. In meinem Kopf stach es, als läge ich unter einer Nähmaschine.

Natürlich versuchte ich sofort, die Mumie abzuschütteln. Doch es ging nicht. Je mehr ich mich wehrte, desto fester wurde ihr Griff.

Fragt nicht, wie es war, mit einer Mumie zu knutschen! Oder fragt doch! Wenn ihr es selbst erleben wollt, nehmt einen mit Kehricht und Wollmäusen gefüllten Müllsack und knutscht mit ihm. Ungefähr so hat es sich angefühlt.

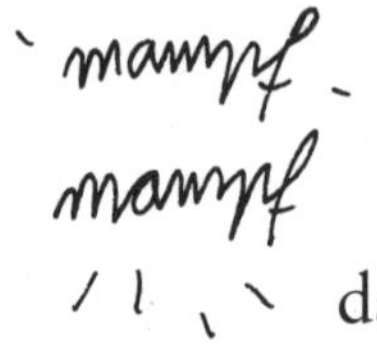


Brrrr! Mich schüttelt es, wenn ich nur daran denke.

Zuerst versuchte ich noch die Stiche mitzuzählen, bald aber schaffte ich es nicht mehr. Es waren zu viele. Die Mumie blieb mindestens ein paar Tage munter.

Noch immer hing sie an mir und begann, an meinem Pulli zu knabbern. Ihre Zähne waren wie kleine Raspeln, die Löcher in den Stoff schabten. Bald würde ich nackt in der Abstellkammer stehen.

Mir war zum Heulen. Ich beherrschte mich aber, denn es hätte nichts gebracht. In so einem Augenblick, in dem alles verloren scheint, bekommt man oft die verrücktesten Ideen.

So ist es mir in der Abstellkammer ergangen.

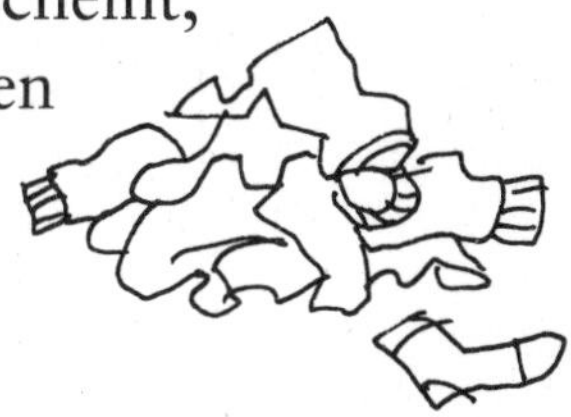

# Halt!

Die Mumie kuschelte sich an meine Brust wie ein Baby. Mehr als eine Stunde war sie bereits wach. Die Erlebnisse hatten sie wohl ziemlich geschafft, denn sie wurde ein bisschen ruhiger.

Bisher hatte ich dagestanden wie ein Brett, die Arme zur Seite weggestreckt. Ganz langsam, als müsste ich dicken Draht in meinen Armen biegen, bewegte ich jetzt meine Arme und umfasste die Mumie.

Sie fühlte sich hart und rau an und schien zerbrechlich zu sein wie eine getrocknete Rose. Als ich sie so nahm, gab sie glucksende Laute von sich. Aus dem Mund einer Mumie klingt Glucksen allerdings wie Zerdrücken von Pergamentpapier.

Unter keinen Umständen konnte ich die nächsten Tage in der Abstellkammer verbrin-

gen. Mit einer Hand hielt ich die Mumie fest, mit der anderen zupfte ich meine Jacke zurecht und zog sie über den grauen Körper. Wenn die Mumie sich ruhig verhielt, konnte ich sie heimlich aus dem Museum schmuggeln. Was ich dann mit ihr tun sollte, wusste ich allerdings noch nicht.

Es war schon nach halb drei, als ich die Tür der Abstellkammer öffnete. Aus dem Untergeschoss kamen noch immer aufgeregte Laute. Ich huschte auf Zehenspitzen durch den Saal mit den Sarkophagen zur Haupttreppe. Von oben konnte ich bis in die Halle hinuntersehen, wo nur ein paar Besucher standen, die bewundernd die Köpfe in den Nacken gelegt hatten und zu der Kuppel hinaufsahen, die sich hoch über uns spannte.

So locker und selbstverständlich wie möglich schlenderte ich nach unten. Die Mumie verhielt sich ruhig, gab aber knisternde, raschelnde und knackende Laute von sich. Um sie zu übertönen, pfiff ich vor mich hin. Das trug mir ein paar vorwurfsvolle Blicke der anderen Besucher ein.

Der Ausgang war schon zu sehen und stand glücklicherweise offen. Ich beschleunigte mei-

*Jetzt waren Nerven gefragt*

nen Schritt. Unter der Jacke begann sich die Mumie zu bewegen. Es fühlte sich an, als wollte sie ihren Kopf herausstrecken. Sie fest an mich zu drücken traute ich mich nicht, da ich Angst hatte, sie könnte zerbröseln.

Noch zehn Schritte, dann war es geschafft.

Noch sieben Schritte.

Noch fünf.

Die Mumie wurde ungehalten und strampelte mit den zusammengebundenen Beinen.

„Das ist eines der Mädchen!“, hörte ich hinter mir die Stimme der Kassiererin. Ich wollte losrennen, aber das hätte mich noch verdächtiger gemacht. Es kostete viel, viel Überwindung stehen zu bleiben, ein unschuldiges Engelsgesicht aufzusetzen und mich umzudrehen. Es war mir alles egal. Ich drückte die Mumie. Sie hielt es aus. So eine Mumie ist doch viel fester, als man denkt.

Die Kassiererin kam mit einer zweiten Dame, die ein wallendes Kleid trug, auf mich zu.

„Was hast du hier im Museum zu suchen?“, fragte die Kassiererin.

Ich sah sie an, als würde ich gleich in Tränen ausbrechen.

Die Direktorin bemerkte es und mischte sich schnell ein. „Seien Sie nicht so streng, Frau Hinterwald. Das Kind hat bestimmt nichts getan.“

Freundlich lächelte sie mich an. „Was führt dich ins Museum?“

„Die Mumien. Ich muss für die Schule einen Aufsatz schreiben.“ Das war nur halb gelogen. Ich drehte mich vorwurfsvoll zur Kassiererin.

„Wieso haben Sie uns nicht zu den Mumien lassen wollen? Das Gold der Ritter interessiert uns nicht."

Fragt mich nicht, woher ich die Nerven genommen habe, so ruhig zu bleiben. Ich verstehe es selbst nicht.

Die Kassiererin kreuzte theatralisch die Hände vor der Brust.

„Verzeiht mir, das wusste ich nicht. Ich dachte nur, der Anblick dieser verstaubten Gruselgestalten könnte zu viel für euch sein."

Die Direktorin hüstelte tadelnd. „Also bitte, Frau Hinterwald, Mumien sind höchstens im Film Gruselgestalten, die herumlaufen."

Ich hätte sie gern mit der Mumie unter meiner Jacke bekannt gemacht, ließ es aber bleiben.

„Wir Mädchen von heute haben Mumm", sagte ich mit fester Stimme und nickte der Museumsdirektorin verschwörerisch zu.

Sie erwiderte das Nicken. „Das höre ich gern. Wir Frauen müssen zeigen, dass wir mehr draufhaben, als die Männer uns zutrauen."

„Genauso ist es!", stimmte ich zu und kniff die Mumie mit den Fingern in den dünnen Nacken. Sie hatte nämlich wieder mit dem Pulloverraspeln begonnen und war fast bis auf die Haut durchgedrungen.

„Ich muss jetzt heim und meine Hausaufgabe machen“, schwindelte ich.

„Starkes Mädchen, du gefällst mir!“, sagte die Direktorin lobend. Ich lächelte bescheiden, machte kehrt und verschwand gerade so schnell, dass es nicht nach Flucht aussah.

Aber was tut man mit einer Mumie, die Heißhunger auf Stoff hat? Als ich wieder im Freien stand, schlug mir der kühle Herbstwind ins Gesicht. Zuerst wollte ich die Mumie zu Alexa bringen, kam aber wieder davon ab. Das Rathaus liegt auf der anderen Seite der Stadt. Ich hätte mit dem Bus fahren müssen und das traute ich mich nicht.

Nach Hause war es auch ziemlich weit. Mit der Straßenbahn neun Stationen. Das kam für mich ebenfalls nicht infrage. Am nächsten war noch die Schule.

Sollte ich tatsächlich …?

# Die Stinkekammer

Ich habe es getan. Ich bin drei Straßenbahnstationen zu Fuß gegangen, bis ich endlich unsere Schule erreichte. Unsere Schule ist kein wirklich altes Gebäude, aber auch kein so supermodernes aus Glas und Beton. Sie sieht ein bisschen langweilig aus. Schön sind aber die hohen Kastanienbäume, die davor wachsen.

Die Stämme gaben mir Deckung. Ich schlich von einem zum nächsten und spähte, ob die Luft rein war.

Unser Hausmeister, ein ziemlich wortkarger Mann, der meistens einen Besen wie eine Lanze mit sich trägt, fegte gerade die Halle. Als er fertig war, ging er in eines der oberen Stockwerke.

Das war meine Chance. Ich wusste einen Platz in der Schule, der wie geschaffen war für

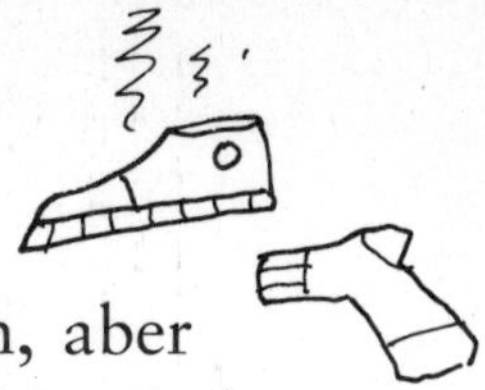

die Mumie. Sie würde dort eine tolle Zeit haben und nicht ausbrechen können. Vielleicht klingt es komisch, aber ich hatte auf einmal das Gefühl, die Mumie beschützen und gut versorgen zu müssen. Fast wie ein Baby. Ein sehr staubiges und hartes Baby allerdings.

Von der Halle zieht sich ein langer Gang durch das Schulgebäude, von dem links und rechts Türen zu Klassenzimmern führen. Am Ende befindet sich eine größere Tür, hinter der der Sporttrakt beginnt. Wir haben zwei Turnsäle und mehrere Garderoben und Duschen. Für die Lehrer gibt es kleine Zimmer, in denen sie ihr Zeug aufbewahren, und neben den Toiletten befindet sich die Stinkekammer.

Warum sie so heißt, weiß jeder sofort, der die Tür öffnet. Igitt, die Luft riecht nach verschwitzten Socken und Schuhen. In zwei großen Körben werden nämlich alle Sportschuhe, Turnhosen, T-Shirts, Socken und andere Kleidungsstücke gesammelt, die in den Garderoben vergessen werden. Ich habe nie verstanden, wie jemand ohne Jeans weggehen kann und es nicht bemerkt. Doch das gibt es. Und die meisten der

Stinkekammer für Stinkemoppel

vergessenen Klamotten werden niemals abgeholt.

Seit drei Jahren sind die Körbe schon nicht mehr ausgeleert worden. Vergisst man seine Sportsachen, muss man sich ein Teil von dort ausborgen. Das ist die schlimmste Strafe und deshalb haben wir immer unsere Schuhe und Trainingsanzüge dabei.

Die Stinkekammer ist zwar abschließbar, aber der Schlüssel steckt immer. Wozu soll man dieses Kämmerchen auch absperren? Keiner wird von dort jemals etwas stehlen.

Endlich hatte ich die Stinkekammer erreicht und schloss die Tür hinter mir. Unter der Jacke holte ich die Mumie hervor, die neugierig guckte. Voll Freude stürzte sie sich kopfüber in den hohen Korb mit den vergessenen Klamotten und grub sich ein, als wollte sie ein Bad darin nehmen. Sie tauchte unter, und als sie wieder hochkam, hing eine Sporthose wie eine Mütze über ihrem Kopf.

Hier konnte sie sich austoben.

Ohne sie zu fest anzusehen, schärfte ich ihr ein: „Falls jemand hereinkommt, verstecken! Verstehst du? Gut verstecken! Klar?“

Ich erhielt keine Reaktion. Bestimmt hatte die Mini-Mumie kein Wort von dem verstanden, was ich gesagt hatte. Ich zog die Tür fest hinter mir zu und schloss von außen ab. Zweimal drehte ich den Schlüssel im Schloss, bevor ich ihn abzog. Ich konnte nur hoffen, dass es keinen Zweitschlüssel gab.

Geschafft! Die Mumie war erst einmal in Sicherheit. Vielleicht war sie morgen schon wieder eingeschlafen. Dann mussten wir sie nur in ihren Sarkophag ins Museum zurückbringen.

„Nur“ war leicht gesagt. Einfach würde es nicht werden, aber schlimmer als die Erlebnisse des Nachmittags wohl auch nicht.

Ich rief mit meinem Handy Bix an. Sie hob nach dem ersten Klingeln ab und atmete erleichtert auf, als ich dran war.

„Deine Mam besteht darauf, dass wir gemeinsam zur Schule fahren. Du musst schnellstens kommen.“

Na gut, das war jetzt möglich.

Um vier Uhr war ich endlich zu Hause. Mein angeknabbertes T-Shirt war unter der Jacke versteckt. Mam schnupperte, als ich vor sie trat, und zog die Stirn kraus. „Du riechst irgendwie ... seltsam. Warst du in einem Kuhstall?“

Wie gern hätte ich gesagt: Nein, habe nur mit einer Mumie geknutscht. Natürlich hätte sie mir das nicht geglaubt, sie hätte gelacht und weitere Fragen gestellt. Ich sagte deshalb nur schnell: „Ich dusche und ziehe mich um.“ Damit gab sich Mam – zum Glück – zufrieden.

Als ich später nach Orangenblüten duftend

die Treppe herunterkam, holte ich mir von Bix meine Brille. Mit gespielter Freude erzählte ich Mam, dass ich sie wiedergefunden hätte. Es war mir egal. Malte musste sich ein brillenloses Mädchen suchen, ich schied aus. Nie wieder würde ich die Brille von meiner Nase nehmen, nicht einmal in der Nacht zum Schlafen!

(Na gut, das war vielleicht etwas übertrieben. Grins.)

Zehn Minuten vor fünf Uhr kamen wir vor der Schule an. Mam hatte Bix im Auto mitgenommen, da Frau Taler länger arbeiten musste. Felix hatten wir auch noch vom Kindergarten abgeholt. Vanessa und Frau Reininghaus waren in ihrem eigenen Wagen gekommen.

Bix und Vanessa zwinkerten einander zu. Die Mütter vertrauten darauf, dass wir wussten, wer zu uns kam. Daher war von dieser Seite keine große Schwierigkeit zu erwarten. Vanessa konnte sich Jo schnappen und sich schnell mal für Bix ausgeben, und Bix knöpfte sich Janis vor. Später würden sie die Verwechslung aufklären und verlegen lachen. Die Jungen würden sicher kein großes Theater daraus machen.

Das hofften wir jedenfalls.

Allgemeines Stöhnen

Frau Kleber erschien nun im Schultor und klatschte in die Hände, um sich Gehör zu verschaffen. „Unsere Gäste werden sich um eine halbe Stunde verspäten. Sie stecken in einem Stau."

Ein Aufstöhnen ging durch die Reihen der Wartenden. Ich gab Bix und Vanessa ein Zeichen, mit mir zu kommen. Auf Frau Klebers fragenden Blick hin erklärten wir, wir müssten alle drei dringend auf die Toilette. Sie nickte verständnisvoll und öffnete sogar das Schultor für uns.

Natürlich wollte ich in Wirklichkeit meinen Freundinnen zeigen, wo ich die Mumie versteckt hatte. Bevor ich aufschloss, presste ich das Ohr an die Tür, konnte aber kein Geräusch hören. Ich drehte den Schlüssel und steckte den Kopf in die Kammer.

Noch immer kein Zeichen von Emnach.

Langsam näherte ich mich den Körben und reckte den Hals.

Er lag erschöpft auf dem Kleiderberg, die dünnen Arme zur Seite gestreckt. Aus seinem Mund hing ein schwarzer Schnürsenkel und seine umwickelten Beine steckten in einem Hosenbein einer weißen Fußballerhose. Er sah richtig niedlich aus.

„Der Korb war doch fast voll, oder?“, bemerkte Bix. Nun war er jedenfalls nur noch halb voll. Ich nahm an, dass hundert Jahre Ruhe ziemlich hungrig machten und sich Emnach einmal so richtig satt gegessen hatte.

Wir lächelten uns zufrieden an und verließen auf Zehenspitzen den Raum.

# Wer hätte das gedacht?

Vor der Schule herrschte große Aufregung. Der Bus mit den Austauschschülern war eingetroffen. Die vordere Tür stand offen und Frau Kleber begrüßte ihre Kollegin von der anderen Schule.

Nervös hielten alle nach den Gesichtern von den Fotos Ausschau. Die Austauschschüler pressten ihre Nasen an den Fenstern des Busses platt und waren bestimmt genauso nervös.

Nachdem Frau Kleber ihrer Kollegin mit ihrem überschwänglichen Händeschütteln fast den Arm ausgerissen hatte, rief sie uns allen zu: „Ich stelle euch jetzt unsere Gäste vor und ihr holt eure Besucher von hier ab."

Jetzt kam für uns ein aufregender Moment. Es musste gelingen, Jo und Janis auszutauschen.

Wir standen auf den drei Stufen, die zum Schultor führen, um besser zum Ausstieg des Busses sehen zu können.

Die Schüler aus Wolkenbach sahen aufs Erste gar nicht so übel aus. Eigentlich sahen sie genauso aus wie wir. Die ersten drei, die ausstiegen, waren Mädchen. Danach kamen sechs Jungen, dann wieder vier Mädchen.

Wo blieben Malte, Jo und Janis?

„Das ist er!“, hörte ich Bix japsen.

In dem dunklen Rechteck der Bustür war ein Junge mit kinnlangem Haar und Mittelscheitel erschienen. Suchend sah er sich um.

Bix versetzte Vanessa einen Schubs. Bevor die sich aber in Bewegung setzen konnte, war Felix laut kreischend in die Höhe gesprungen. Er winkte mit beiden Armen und schrie: „Hierher, du kommst zu meiner Schwester!“

Es war zu spät, ihn zum Schweigen zu bringen. Die umstehenden Eltern lachten, als sich Felix nach vorn drängte und Jo an der Hand fasste.

Jo musterte ihn überrascht.

„Gleich steigt er wieder ein“, stöhnte Bix und schlug die Hände vor das Gesicht.

Mit einem amüsierten Grinsen ließ sich Jo durch die Menge zur Treppe ziehen. Der Austausch war unmöglich. Felix würde den Irrtum sofort aufklären, wenn Vanessa behauptete, Bix zu sein.

Aus den Augenwinkeln beobachtete ich, dass Bix die Lippen über die Zähne stülpte, was einfach nur peinlich aussah. Nein, megapeinlich. Vielleicht sogar oberpeinlich. Ich versetzte ihr einen Ellbogenstoß, den sie aber falsch verstand. Sie hielt sich jetzt auch noch eine Hand vor den Mund, als müsse sie gähnen.

Felix schob den noch immer grinsenden Jo vor seine Schwester und fragte fast stolz: „Na, gefällt sie dir?"

Jo lachte verlegen und zwischen seinen Lippen blitzten zwei Reihen mit strahlend weißen Zähnen. Weiße Zähne, über die sich ein dünnes Silberband zog.

„Er hat auch eine", raunte ich Bix zu. Sie war vor Scham über Felix rot geworden wie eine Kirsche.

„Tag!" Jo streckte ihr die Hand entgegen.

Bix, die noch immer aussah, als hätte sie die dritten Zähne aus dem Mund genommen, murmelte unverständlich: „'a'o!"

Jo schob die Augenbrauen zusammen. „Äh ...", machte er ratlos.

Wieder bekam Bix einen Rip-

Der Prinz und der Frosch –
oder so ähnlich

penstoß von mir und diesmal gelang ihr ein Zahnspangenlächeln.

„Hallo, Jo!“, brachte sie schüchtern heraus. „Ich bin Bix.“

Als Jo die Zahnspange sah, grinste er gleich noch um ein Stück breiter.

„Du hast ja auch so eine Radioantenne im Mund. Mensch, das macht dich gleich sympathischer. Ich dachte schon: Verdammt, ich muss zu einem Mädchen! Aber Leute mit Zahnspangen sind nun mal Schicksalsgenossen!" Kumpelhaft schlug er Bix auf die Schulter.

Vom Bus her rief Frau Kleber: „Janis! Zu wem kommt Janis?" An der Ungeduld in ihrer Stimme war zu erkennen, dass sie schon mehrmals gerufen haben musste. Vanessa zuckte zusammen und winkte. Sie lief zum Bus und sah sich suchend um. Zwischen Frau Kleber und der anderen Lehrerin stand ein Junge, der etwas kleiner war als sie und einen feuerroten Haarschopf hatte. Das konnte nicht Janis sein. Auf dem Foto hatte er völlig anders ausgesehen.

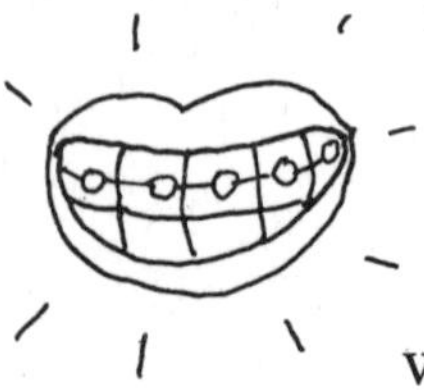

„Ach, Vanessa, du bist das!", sagte Frau Kleber wie eine Heiratsvermittlerin. „Sei schön nett zu deinem Gast! Führe ihm nicht gleich deine Karatekünste vor!"

Janis grinste triumphierend. „Da guckst du, was?", sagte er zur Begrüßung.

Vanessa nickte nur stumm.

„Ich habe das Foto von meinem großen Bruder geschickt. Der ist bei uns in der Familie die Schönheit. Ich bin mehr der praktische Typ. Karate kann ich nicht, aber Judo. Braucht man auch, wenn man drei Brüder hat."

„Ich habe zwei Schwestern", sagte Vanessa.

Der Kreischfaktor auf Beinen

„He, super. Ich habe ein paar Sachen dabei mit absolutem Kreischfaktor!" Er klopfte verheißungsvoll auf seine schwere Schultertasche.

Im Bus waren nur noch wenige Schüler. Da sich die helle Mauer der Schule in den vorderen Fenstern spiegelte, konnte ich keine Gesichter erkennen. Auf jeden Fall schlug auch für mich gleich die Stunde der Wahrheit. Was würde Malte wohl sagen, wenn er mich sah?

Da sah ich ihn. Er stieg aus dem Bus und seine

Lehrerin nannte Frau Kleber den Namen. Schon bevor Frau Kleber ihn ausrief, wusste ich, dass es Malte war. Er sah genauso süß aus wie auf dem Foto, wischte sich aber ständig über die Augen.

Tief Luft holen, Krissi, befahl ich mir. Tief Luft holen und nach vorn. Ich schob energisch die Brille auf der Nase zurecht und steuerte dann auf den Bus zu.

Den Kopf gesenkt stand Malte da und sah so trotzig aus wie Felix, wenn er etwas gar nicht wollte. Mir war sofort klar, dass er zweifellos nicht zu mir wollte und lieber zu einem Jungen aus unserer Klasse gekommen wäre.

„Tag, Malte", brachte ich heraus und es klang nicht einmal lahm.

Als er aufblickte, sah ich in zwei stark gerötete Augen, aus denen die Tränen nur so flossen. Ich hatte noch nie zuvor einen Jungen heulen gesehen. Und von Malte hätte ich das wirklich nicht erwartet.

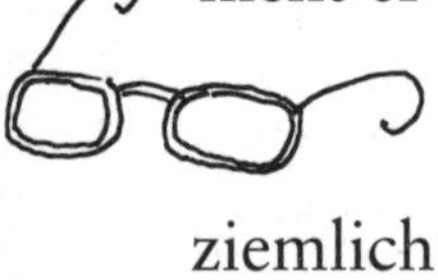

Seine Lehrerin beugte sich nun zu Frau Kleber und flüsterte ihr zu: „Er ist ziemlich eitel, unser Malte. Weil er keine Brille tragen will, versucht er es jetzt mit Kontaktlinsen. Na ja, ob das eine so gute Idee ist?"

2 Blindschleichen

Ich konnte es nicht fassen. Jungen waren auch eitel!

Die Lehrerin legte Malte die Hand auf die Schulter und meinte: „Willst du es nicht doch lieber mit deiner Brille versuchen? Deine Gastgeberin trägt auch eine.“

Malte schniefte und wischte sich immer wieder die Tränen aus dem Gesicht. Vor lauter Verlegenheit wusste er nicht, wo er hinsehen sollte. Er war einer der ganz besonders schüchternen Sorte.

„Mann, ist das peinlich“, hörte ich ihn murmeln.

In diesem Augenblick war ich sicher, wir würden uns großartig verstehen!

Nachsatz:

Unglaublich, aber wahr: Malte hat mir vier Tage lang gesagt, wie sehr er mich um meine Brille beneide. Seine ist so ein Ding mit dickem Rand und nicht so cool wie meine. Übrigens hat er in den vier Tagen nicht viel mehr gesprochen. Er ist ein Schüchti hoch drei. Ein bisschen Pfeffer im Hinterteil könnte dem nicht schaden.

Die Kontaktlinsen konnte er nicht tragen, doch seine Brille hatte er zu Hause gelassen. Aus diesem Grund blieb er gern in meiner Nähe, weil er nämlich ohne Brille genauso wenig sah wie ich. Die anderen aus der Klasse haben natürlich Witze über uns gemacht und uns „Liebespaar“ genannt. Ich glaube, die meisten Mädchen waren aber einfach neidisch.

Janis war ein Volltreffer. Die ganze Familie Reininghaus hat am Dienstag erleichtert aufgeatmet, als er wieder abgefahren ist. Vanessa nicht. Janis und sie sind jetzt dicke Freunde und wollen später ein Buch über Streiche schreiben, die man Brüdern und Schwestern spielen kann.

Auch Jo und Bix sind gut miteinander klargekommen. Vor allem aber sind Jo und Felix echte Kumpels geworden. Am Sonntag waren die Talers auf dem Land, wo Jo Felix das Robben durch den Matsch beigebracht und ihm gezeigt hat, wie man sich samt Klamotten in einen Teich fallen lassen kann.

Felix war begeistert, Frau Taler weniger.

Am Montag waren wir alle – also beide Klassen – im Stadtmuseum. Natürlich haben Bix, Vanessa und ich uns sofort auf den Weg zu den Mumien gemacht. Der kleine staubige Graue war aus dem Stinkezimmer verschwunden, als wir ihn am Morgen nach unserem Mumienabenteuer hatten holen wollen.

Im Museum fanden wir ihn wieder steif und starr in seinem Sarkophag. Nur der Schnürsenkel hing noch immer aus seinem Mundwinkel.

Das wird den Forschern sicher noch große Rätsel aufgeben. Aber wie der Schnürsenkel dorthin gekommen ist, das bleibt unser Geheimnis …

## HALLO THOMAS!

**Wolltest du schon immer Schriftsteller werden?**
Zuerst wollte ich Tierarzt werden, aber ich habe beim Studium schnell erkannt, dass das kein Beruf für mich ist. Geschichten habe ich mir immer schon gerne ausgedacht und geschrieben habe ich auch gerne. Allerdings nicht in der Schule, denn meine Deutschlehrer waren immer nur auf Fehlerjagd. Geschrieben habe ich mehr für mich und durch viele Zufälle ist aus dem Hobby ein Beruf geworden.

**Wie lange brauchst du für ein Buch?**
Ganz unterschiedlich. An guten Tagen schaffe ich etwa zwanzig Buchseiten. Es gibt auch Tage, an denen ich nur wenig schaffe. Trotzdem setze ich mich immer hin. Ich höre übrigens immer mitten im Satz zu schreiben auf. Am nächsten Tag fällt das Anfangen dann viel leichter.

**Erfindest du alles, was in deinen Büchern steht, oder recherchierst du viel?**
Natürlich recherchiere ich, wenn es das Thema verlangt. Sehr gründlich. Das ist auch wichtig für mich, weil ich mich sonst beim Schreiben nicht sicher fühle. Zum Recherchieren bin ich schon U-Boot gefahren, durfte einmal als Flugschüler ein kleines Flugzeug steuern, habe einen Sturzflug miterlebt, Tierpfleger bei der Arbeit begleitet, lange

Gespräche mit Tierschützern geführt und viele Städte und Länder bereist. Die Geschichten selber entstehen natürlich in meiner Fantasie.

**Woher nimmst du eigentlich deine Ideen?**
Hm, das ist mir selbst ein Rätsel. Sie kommen ganz einfach. Ich ziehe Ideen an wie ein Magnet ... Ich halte Augen und Ohren weit offen und fange sie auf diese Weise ein. In meinem Kopf reifen sie dann. Manche ein paar Wochen, andere ein paar Jahre. Von tausend Ideen setze ich aber nur vielleicht dreißig um. Ich sammle ständig und überall. Oft genügt ein winziger Anstoß und auf einmal wächst daraus die Geschichte.

**Entstehen deine Geschichten erst beim Schreiben am Computer oder hast du sie schon vorher ganz genau in deinem Kopf?**
Mehr als zwei Drittel sind fertig, wenn ich mich zum Schreiben hinsetze. Ich notiere jede Idee in einen Mini-Computer, den ich immer dabeihabe, aber nur aus einigen werden dann Geschichten. Manchmal braucht das „Wachsen“ ein paar Wochen, manchmal ein paar Jahre.

**Was ist das für ein Gefühl, wenn man so bekannt ist?**
Ich finde es toll, wenn ich Briefe und E-Mails von Lesern bekomme, die mir erzählen, wie viel Spaß und Spannung sie beim Lesen hatten. Das ist für mich ein wunderbares Gefühl. Schließlich schreibe ich nicht, um bekannt zu sein, sondern weil es für mich die tollste Sache der Welt ist.

LESEPROBE

# ICH KRIEG DIE KRISE!

*Pssst! Unser Geheimnis*
Band 24
von Thomas Brezina

# KRISSI

Wieso kriegt man immer genau dann die Krise, wenn man es am wenigsten brauchen kann?

Heutzutage wird doch alles untersucht und erforscht. Erst neulich hat Paps aus der Zeitung vorgelesen, dass gerade eine Umfrage zum Thema „Wo bohren Sie am liebsten heimlich in der Nase?“ gemacht wird.

Kein Scherz! Diese Frage wird ein paar Tausend Erwachsenen gestellt. Danach werden die Antworten ausgewertet und einige Wochen später gibt es in der Zeitung einen langen Bericht über das Ergebnis.

In diesem speziellen Fall wäre es einfacher, wenn die Leute, die so ein Quatsch interessiert, das Geld gleich mir geben würden. Denn ich weiß, wo Erwachsene am liebsten in der Nase bohren: in ihrem Auto. Obwohl rundherum alles aus Glas ist, denken sie tatsächlich, niemand würde sie sehen. Aber mir entgeht so etwas nicht.

Das heißt: Ich wäre glücklich, wenn ich es nicht sehen müsste. Igitt! Ekelig! Bei manchen verschwindet der ganze Finger im Nasenloch. Absoluter Horror!

Aber zurück zu meiner ersten Frage, der über die Krise, die am liebsten dann auftaucht, wenn sie so unnötig ist wie ein Loch im Kopf.

Ein Beispiel: Wenn ich eine Verabredung mit einem Traumtyp habe, will ich natürlich traumhaft aussehen. Schlank, sexy und absolut pickelfrei, versteht sich. Aber sobald der Junge mich in die Eisdiele oder ins Kino einlädt, spüre ich schon das Jucken im Gesicht. Es fühlt sich an, als würden sich die noch verborgenen Pickel die Hände reiben. Sie können es von diesem Moment an kaum erwarten, aus der Haut zu ploppen. Doch sie lassen sich Zeit. Sie kommen pünktlich einen Tag vor der Verabredung – im allerschlechtesten Moment.

Man schaut in den Spiegel, sieht ein rotes Horn über dem Auge oder eine rote Warze auf dem Kinn und kriegt die totale Krise.

Natürlich will man den Pickel ausdrücken oder aufkratzen, obwohl in allen Mädchenzeitschriften steht, wie schädlich das ist. Am nächsten Morgen ist aus dem Pickel schon ein fetter Knubbel geworden, der ohne Probleme als rotes Licht einer Verkehrsampel eingesetzt werden könnte.

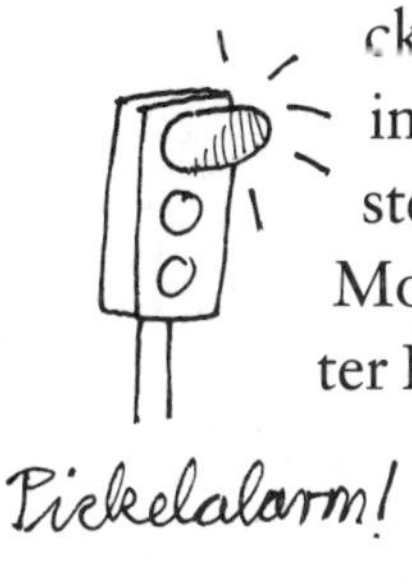

Derart verunstaltet tritt man dann am wichtigsten Tag seines Lebens seinem Traumjungen gegenüber. Die Höflichen tun so, als würden sie nichts sehen. Die weniger Höflichen starren einem ins Gesicht. Die Blödmänner sagen: „Mann, ist das ekelig. Kannst du dir nicht eine Papiertüte über den Kopf stülpen?“

Am nächsten Morgen ist der Pickel natürlich spurlos verschwunden, als wäre er nur eine Fata Morgana gewesen. Aber was nützt das?

Bei mir war es zwar kein Pickel, der mich in die Krise gestürzt hat, aber etwas sehr Ähnliches: meine Brüder.

Nein, halt, das ist jetzt gemein. Caesar und Antonius sind wirklich nicht vergleichbar mit Pickeln oder Frostbeulen. Sie sind beide älter als ich und echt in Ordnung. Die kleine Schwester zu sein, hat mir immer Spaß gemacht. Mit einer Ausnahme vielleicht: Als ich noch ein Baby war und Caesar mich hochgeworfen und fallen gelassen hat.

Noch einmal halt! Stopp! Bitte keine Kommentare dazu. Davon bekomme ich schon mehr als genug von meinen Freundinnen Bix und Vanessa. Weil ich doch damals auf den Kopf gefallen sei, gebe es heute noch Spätschäden und so.

Aber zurück zu meiner Krise: Am Samstag hatte uns Paps zum Abendessen in das Steakhaus *Ox* eingeladen. Wir gehen gerne dorthin. Die Steaks sind die besten der Stadt und Mam meint, sie kosten so viel wie ein halber Ochse. An diesem Samstag war das jedoch egal, denn es gab viel zu feiern.

Aus den Lautsprechern an der Decke dudelte Westernmusik und eine Serviererin in Fransenjacke und Cowboystiefeln reichte uns die Speisekarten.

„Heute nur das Beste. Ist das klar?“, sagte Paps in die Runde. Er wählte für sich das schwerste Steak mit der dicksten Folienkartoffel. Caesar machte es ihm nach. Antonius wollte lieber eines dieser Dinger, die man auch als Reitsattel verwenden könnte, so groß sind sie. Mam und ich entschieden uns für Truthahn.

Als jeder von uns etwas zu trinken hatte, erhob Paps sein Glas. „Ich gratuliere meinen beiden Söhnen, die mich sehr stolz machen.“

Caesar wurde verlegen, Antonius aber strahlte wie ein frisch poliertes Centstück.

„Caesar wurde unter tausend Schülern ausgewählt, ein halbes Jahr lang eine der besten Schulen Englands zu besuchen.“

Mein ältester Bruder ist ein kleiner Streber.

„Und Antonius hat den ersten Preis beim Fotowettbewerb vom *Abendblatt* gewonnen. Sein Foto

wird auf der Titelseite der Sonntagsausgabe erscheinen. Großartig!“

Wir stießen alle an. Die Gläser klirrten gefährlich. Doch Paps war allerbester Laune und selbst Scherben hätten ihm an diesem Abend nichts ausgemacht.

Natürlich wurde viel über Caesars Reise geredet. Mir fehlte er schon jetzt, obwohl er noch mit uns am Tisch saß. Das englische Internat war angeblich sehr streng. Antonius zog ihn auf, dass es dort sicher nur kaltes Wasser zum Duschen gäbe und er auf Holzbrettern schlafen müsse.

Auf dem Foto, mit dem Antonius gewonnen hat, sieht man Großeltern, Eltern und Kinder, die alle die Köpfe zusammenstecken, als wollten sie einander gleichzeitig küssen.

„Wieso haben sie das eigentlich gemacht?“, wollte Mam wissen.

„Weil der kleine Junge gerufen hat ‚Riecht mal, mein Pups duftet nach Veilchen!‘“, erklärte Antonius.

Paps sah ihn zweifelnd an. Antonius erfand gerne wilde Geschichten, die uns die Haare zu Berge stehen ließen. Diese aber schien wahr zu sein.

Zu mir sagte Paps: „Du kannst wirklich stolz auf deine Brüder sein, Krissi.“

Das war ich auch. Trotzdem wollte ich es nicht zugeben. Mich drückte da nämlich etwas. Nicht der Schuh, sondern eher so ein Knödel hinten im Hals.

Von Antonius erhielt ich den Rat: „Nimm dir mal ein Beispiel an uns, Schwesterchen. Damit auch aus dir noch was wird. Eine Meisterschaft im Fernsehgucken gibt es nämlich nicht.“

*Gong!* Volltreffer. Mam und Paps beschwerten sich in letzter Zeit oft, dass ich zu viel vor der Glotze hockte.

„Und mit Chatten im Internet kommst du auch nicht weit“, sagte Paps in einem Ton, der nach zehn erhobenen Zeigefingern klang und mich rasend machte.

An diesem Abend hatten sich aber nicht nur die Herren der Familie Kiska gegen mich verschworen. Mam begann zu schwärmen: „Dieser Junge aus deiner Schule – er muss in deine Parallelklasse gehen –, ist so was von erfolgreich. Ich habe durch Zufall seine Mutter beim Friseur kennengelernt. Wenn sie von seinen Siegen und Preisen erzählt, kann man wirklich ein bisschen neidisch werden.“

*Bomm!* Ich fühlte mich wie ein großer Hängegong, auf den an diesem Abend jeder einmal dreschen durfte.

Der Junge, den Mam meinte, heißt Ivo. Er ist einer von der Sorte, die sich den Seitenscheitel mit dem Lineal zieht. Ivo ist der Liebling aller Lehrer, weil er in jedem Fach gut ist. Sie hatten ihm sogar verziehen, dass er letztes Jahr die halbe Zeit fehlte, um an Tanzturnieren teilzunehmen.

Natürlich geht’s da nicht um Pop, Rap oder Hip-Hop, nein, sondern um Walzer und so. Wie bei den Promis im Fernsehen. Ivo tanzte also Walzer, Rumba, Cha-Cha-Cha und Putzi-Mutz. Putzi-Mutz ist natürlich kein echter Tanz, aber es klingt wie einer.

In der Schule geht Ivo immer, als hätte er einen Besen verschluckt. Eigentlich geht er nicht, sondern er schwebt. Normale Schritte kann er anscheinend gar nicht machen.

Seine Tanzpartnerin heißt Colette. Sie sieht aus

wie eine lebendige Barbiepuppe. Ihr Haar schimmert immer, als hätte sie eine Tonne Glanzspray draufgesprüht. Sie lächelt ununterbrochen so breit, dass man ihre hintersten Backenzähne sieht.

Mams Schwärmerei für Ivo war eindeutig zu viel. „Absolut ätzend dieses Gehopse“, sagte ich so verächtlich, als würden Ivo und Colette dabei eine grüne Schleimspur hinterlassen. „Colette muss in dieses doofe Glitzerkleidchen hineingenäht werden, so eng ist es. Angeblich kann sie damit nicht mal aufs Klo gehen. Ihre Mutter muss ihr ein Töpfchen hinstellen.“

Meine Brüder grinsten (Caesar) und lachten grunzend (Antonius). Um noch eins draufzusetzen, hob ich die Arme, als würde ich einen Tanzpartner halten, setzte so ein leidenschaftliches Gesicht auf wie die Liebhaber in alten Filmschinken und sang: „Umtata, um-tata!"

Antonius prustete los und verteilte dabei sein halbes Essen auf dem Tisch. Gratuliere!

Caesar verschluckte sich und musste drei Gläser Cola nachspülen, bis er sich wieder beruhigt hatte. Ebenfalls Gratulation.

*Gratulation ihr Guten!*
*2 x Gratulation!*

Mam hörte endlich auf, von Ivos Tanzkünsten zu schwärmen. Paps ließ sich sogar zu einem „Unsere Krissi hat wirklich ein komisches Talent" hinreißen.

Das war doch wenigstens etwas. Ich hatte komisches Talent abbekommen, weil Paps und Mam alle tollen Begabungen schon an die beiden Erstgeborenen verschwendet hatten.

Gemein war das. Ungerecht. Unfair. Protest!

Was sich an diesem Abend abgespielt hat, löste in mir eine Krise aus. Eine kleine Krise. Eigentlich eine mikroskopisch kleine Krise verglichen mit der, die noch kommen sollte.

Au Schwarte!

# BIX

Was mich in eine Krise stürzt:

Ein Blick in den Spiegel am Morgen.

Ein Blick in den Spiegel am Abend.

Ein Blick in eine Schaufensterscheibe, die wie ein Spiegel wirkt.

Ein Blick auf die Anzeige der Waage, obwohl diese kaputt sein muss. Ich kann niemals so viel wiegen!

Ein Blick in den Kühlschrank, wenn er entweder ganz voll oder ganz leer ist. Ist er voll, habe ich ein schlechtes Gewissen, weil ich am liebsten die Hälfte auffuttern würde. Ist er leer, krieg ich die Krise, weil mein Bauch rumort, als wäre ich gerade von einer Durchquerung der Sahara heimgekehrt und hätte mich unterwegs nur von Wasser und einer Scheibe Knäckebrot ernährt.

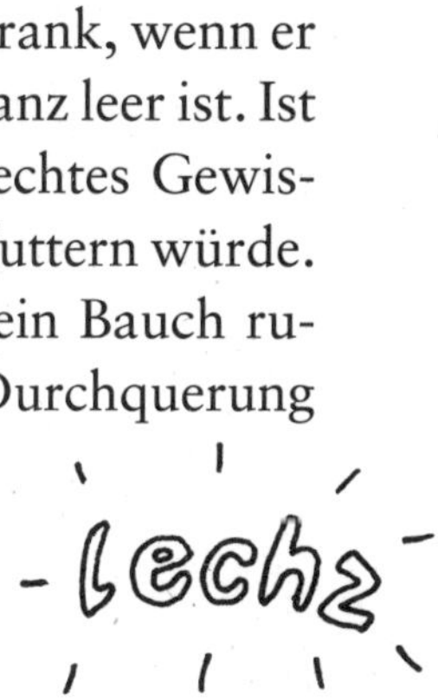


Ein Blick in meinen Kleiderschrank, denn dort hängt meine blaue Lieblingsjeans, deren oberer Knopf abgesprungen ist, vorwurfsvoll vor mir am Haken.

Ein Blick auf das Monster, das sich mein kleiner Bruder nennt, weil ich mich nicht entscheiden kann, ob ich ihn lieber herzen und drücken oder mit dem Kopf nach unten am Kirschbaum aufhängen und ihm langsam die Haut abschälen soll.

Ein Blick auf Wölfchen.

Iiiiiiiiii! Die absolute Megakrise!

Wie soll ich das aushalten? Er ist einfach so süß. Wölfchen gehört nicht zur Sorte der supersportlichen Angeber, sondern ist mehr so eine Art Teddybär, der ganz gut Fußball spielt. Ich mag seinen drolligen Gang. Kommt er auf mich zu, sieht er immer so zufrieden aus, als hätte er gerade seine Lieblingsspeise verdrückt. Und dann noch dieses Lächeln! Seine Mundwinkel berühren dabei fast die Ohren. In den letzten Tagen habe ich zu meiner Freude bemerkt, dass er mich angesehen hat. Bestimmt zweimal. Vielleicht sogar dreimal, aber der dritte Blick könnte auch dem großen Plakat für das Fußballturnier hinter mir an der Wand gegolten haben.

Wenn jedoch *ich* ihn anschaue, wendet er sofort seinen Blick ab. Leider.

Natürlich bin ich nicht verknallt in ihn. Absolut, völlig, ganz und gar nicht. Dass das bloß keiner denkt! Stimmt nämlich wirklich überhaupt nicht! Ich finde Wölfchen nur so schrecklich niiieeedlich!!!!!!!!!!

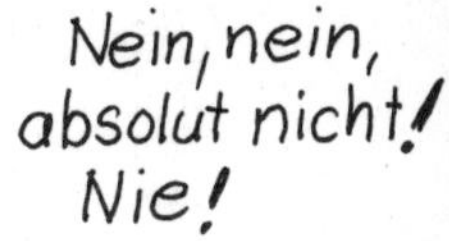

Seufz! Ein Seufzer aus tiefster Seele.

Schluss mit dem Geseufze. Zurück zu etwas sehr Ernstem. Hier die Fortsetzung meiner derzeitigen Krisen. Ich krieg die Krise, wenn …

… ich meinen Mund aufmache. Das liegt an irgendeinem Mechanismus in meinem Kopf, der mich im falschesten Moment das absolut Falscheste sagen lässt.

… ich meine Freundinnen Vanessa und Krissi etwas völlig Harmloses frage und beide daraufhin grinsen.

Ja, das löst in mir zurzeit die Oberkrise aus. Wir drei, Vanessa, Krissi und ich, sind seit vielen Jahren beste Freundinnen. Wir wohnen in derselben Straße, wir erfinden ständig neue Geheimschriften, wir schicken uns verschlüsselte Botschaften, wir teilen ein Geheimnis der Sonderspitzenklasse und wir haben uns genauso oft zerstritten wie versöhnt. Da wir drei immer viel Spaß miteinander hatten, habe ich mir noch nie eine andere Freundin gewünscht.

Genau das aber ist das Problem. Denn jetzt fühle ich mich ungefähr so wie die erste Astronautin auf dem Mond, nachdem das Raumschiff versehentlich ohne sie wieder zur Erde zurückgeflogen ist. Und das hängt mit den Krisen-Auslösern Nummer neun und zehn zusammen.

Also, vorgestern stand ich in der Schlange vor dem kleinen Kiosk unserer Schule, um mir eines dieser Brote mit Quark und bunten Paprikawürfeln zu kaufen. Sieht gut aus, schmeckt lecker und ist angeblich sogar gesund. Soll nicht einmal dick machen. Für mich also genau das Richtige.

Vor mir warteten noch einige. Mehr zufällig warf ich auch einen Blick hinter mich. Mir stockte gleichzeitig der Atem und das Herz blieb stehen: Da stand Wölfchen. Er kramte völlig gedankenverloren in seinem Geldbeutel.

Nach dem kurzen Stillstand begann mein Herz heftig zu pochen. Es kam mir so vor, als würde ein Zwerg in meinem Brustkorb stehen und mit einem Gummihammer mit aller Kraft gegen meine Rippen schlagen.

Wölfchen sah auf, sein Blick tauchte direkt in meine Augen ein.

Seine sind graublau. Mit winzigen braunen Pünktchen.

Als er mich ansah, gab mein Gehirn einen Befehl an meinen Mund: Losreden! Jetzt oder nie.

Und das tat mein Mund.

Leider hatte er von meinem Gehirn keinerlei Informationen bekommen, was genau er reden sollte. Zu meinem Entsetzen hörte ich mich sagen: „Die roten Paprikastückchen sind ein bisschen bitter, die gelben schmecken süß, die grünen manchmal nach Gras, gemischt schmecken sie auf der Zunge wie Gummibärchen. Ich mag Gummibärchen, aber nur die farbigen. Die farblosen sind so, als würde man an einem Gummiring lutschen oder an einem Fahrradreifen kauen."

Wölfchen sah mich an, als wäre ich nicht normal. Er trat aus der Schlange, ohne mich dabei aus den Augen zu lassen. „Hab mein Geld vergessen", murmelte er. Er drehte sich um und rannte davon. Er flüchtete vor mir!

# Nicht weitersagen: unsere geheimsten Geheimnisse

**Thomas Brezina**

**Mädchen vor, noch ein Tor!**

Band 23

Wetten, dass Mädchen besser Fußball spielen als Jungs? Krissi, Bix und Vanessa stellen ein Mädchenteam zusammen, um es den arroganten Affen mal so richtig zu zeigen. Doch mit einer verwandelten Kröte als Trainerin und einem sprechenden Ball haben sie nicht gerechnet ...

ISBN 978-3-473-**47431**-8